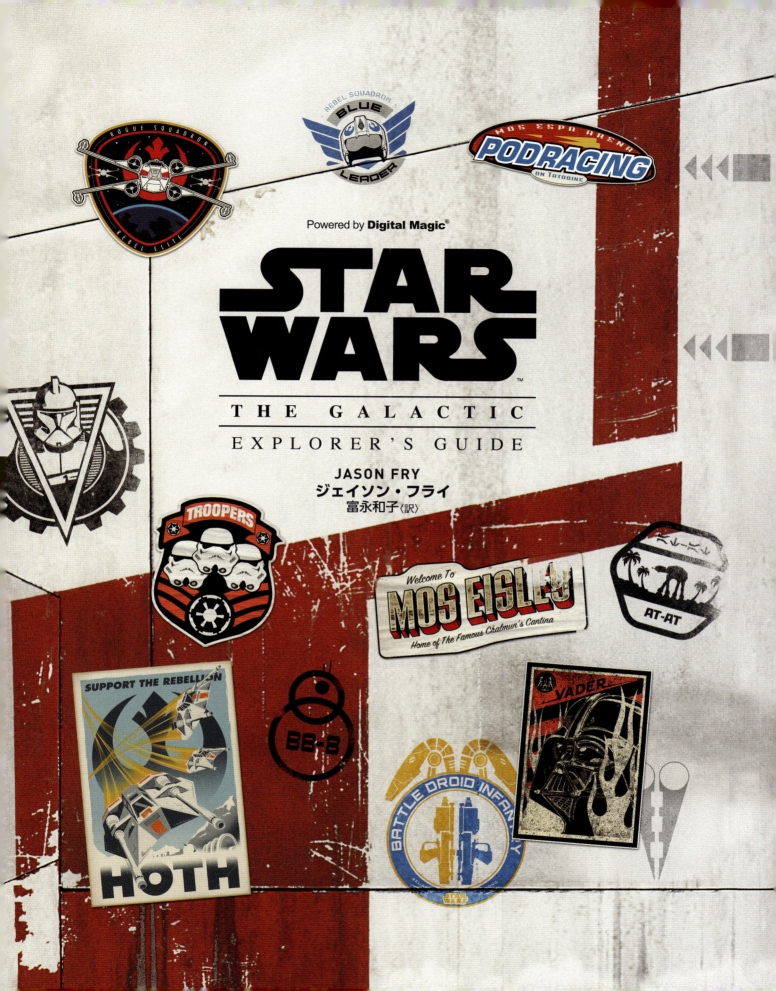

STAR WARS THE GALACTIC EXPLORER'S GUIDE
Published in 2019 by Carlton Books Limited
20 Mortimer Street, London W1T 3JW
© & ™ 2019 Lucasfilm Ltd

Japanese translation rights arranged with
Welbeck Publishing Group
through The English Agency Japan Ltd.

All rights reserved. This book is sold subject
to the condition that it may not be reproduced,
stored in a retrieval system or transmitted
in any form or by any means, electronic,
mechanical, photocopying, recording or other-
wise, without
the publisher's prior consent.

Editorial Director: Roland Hall
Design: Russell Knowles
Production: Rachel Burgess
Book and app concept created by Japhet Asher

STAR WARS
THE GALACTIC EXPLORER'S GUIDE
2020年1月31日 初版第一刷発行

著　ジェイソン・フライ
訳　富永和子
日本版デザイン　石橋成哲
組版　IDR
発行人　後藤明信
発行所　株式会社 竹書房
〒102-0072 東京都千代田区飯田橋2-7-3
電話 03-3264-1576（代表）／03-3234-6244（編集）
http://www.takeshobo.co.jp

■本書掲載の写真、イラスト、記事の無断転載を禁じます。
■落丁・乱丁があった場合は、当社までお問い合わせください
■本書は品質保持のため、予告なく変更や訂正を加える場合があります。
●定価はカバーに表示してあります。

ISBN978-4-8019-2087-3 C0097
Printed in China

CONTENTS
目次

05 - 本書の使い方
08 - はじめに

SECTION 1
インテリア

14　コレリア
28　コルサント
36　ジャクー

SECTION 2
スライス

46　キャッシーク
52　タトゥイーン
62　ジオノーシス
70　ケッセル

SECTION 3
ニュー・テリトリー

78　ヤヴィン 4

SECTION 4
トレイリング宙域

88　ナブー

SECTION 5
ウエスタン・リーチ

98　ベスピン
106　ホス
114　ムスタファー

SECTION 6
アンノウン・リージョン（未知領域）

124　エンドア
132　スターキラー基地
140　バトゥー

144 - INDEX

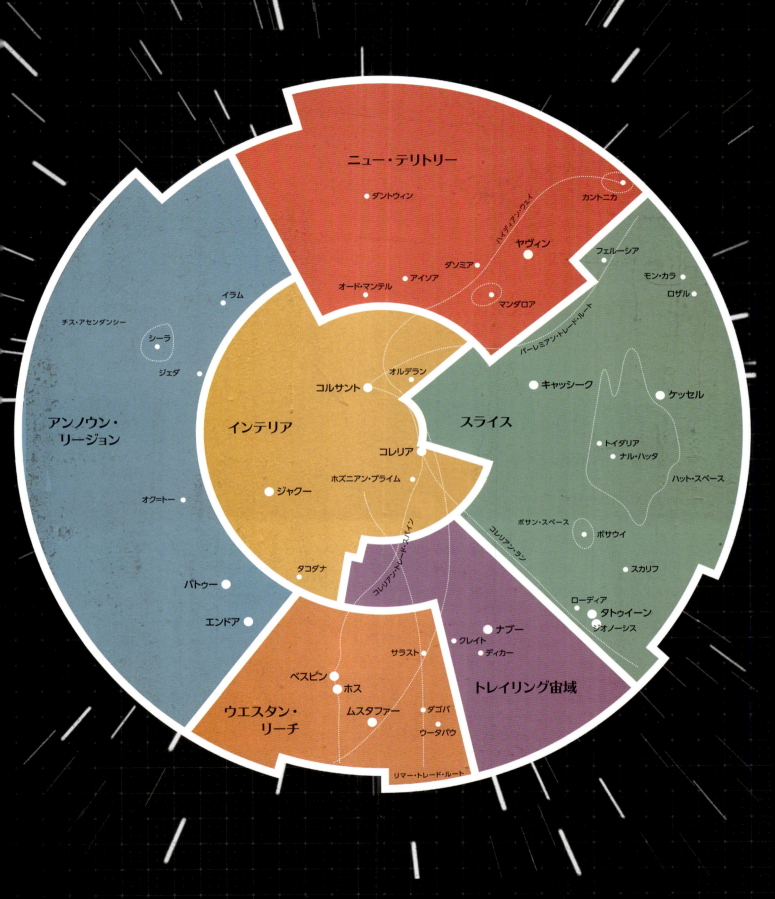

本書の使い方

T H E   G A L A C T I C
EXPLORER'S GUIDE

STAR WARS AR BOOK HOLOSCANNER APP

をアップル、グーグル、アンドロイド
アプリストアから
ダウンロードし、
スマートフォン／タブレットで開く。

スクリーンの指示に従ってスター・ウォーズ・ホロスキャナーをセットアップし、
銀河各地の武器やヴィークル、クリーチャーや情報を網羅した
インタラクティブ・シミュレーションを起動する。

本書の「スペシャル・トリガー・ページ」内で、下のホロスキャナー・シンボルを見つける。

ページ全体にスマートフォンをかざし、スキャンすると、
完全な3Dによる拡張現実レイヤーが出現する。

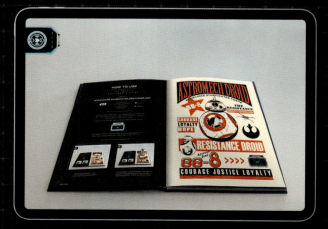

アプリを開いてスクリーンの指示に従い、ホロスキャナーをセットアップする。

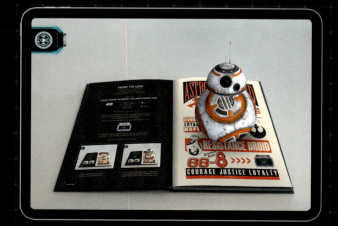

スマートフォン／タブレットを反対ページに向け、（このとき必ず、画面にページ全体を入れること）きみのガイドとなるBB-8が現れるのを待つ。

銀河探検に出かける諸君、ごきげんよう!

諸君が旅のお供にこのガイドブックを選んだのは、実に賢い選択だったぞ。この銀河では、本はめったに手に入らない。しかもこれはとくに希少な本だからな。何せ、海賊や密輸業者、プリンセス、商人、傭兵たちの知恵と経験、シス卿やドロイドの惑星に関する知識がたっぷり詰まっているんだ。優しい母がよく言っていたように、"知らないことを学ぶ"のはよいことだ。

各惑星のページでは、最も重要な場所だけでなく、そこで起きた重大な出来事が取りあげられている。戦場、誕生の地、秘密基地の場所などに加え、神秘的な知識や地元の慣習、野生動物、とうの昔に忘れられた言い伝えに関する記述も見つかる。その惑星を訪れたいと願う旅行者には間違いなく貴重な情報となるだろう。また実際に出かけずに家で楽しみたい諸君にとっても必須の知識となる。諸君の望みがどちらにせよ、わたしは"海賊"だから、報酬は喜んでいただくぞ。

ここには見えるものと見えないもの、既知の知識と未知の知識が組み合わさっている。特定のページに隠されたホロレイヤーで、知識や経験を発見できる仕組みだ。わたしの用意したホロスキャナーを使い、旅のお供にBB-8を呼びだしてもらいたい。そこから旅が始まる。

ホロスキャナーを使えば、Xウイングやミレニアム・ファルコンのような有名な乗り物がページから浮かび出てきて、細部まで観察できる。ブラスターやボウキャスターを撃つことも、押し寄せるバトルドロイド軍と戦うこともできる。これから諸君は大忙しだ。銀河の宙図を周囲の空間に呼びだし、探検しよう。驚くようなものや秘密がどこに隠れているかわからないぞ。わたしを見つけることさえできるかもしれない。

それができたら、もう少しわたし自身とわたしの計画について教えるとしよう。ひょっとすると、一緒に銀河の問題を解決する手助けができるかもしれない。

しかし、まずはわたしが手に入れ、諸君の目的地について適切なコメントをするようにプログラムしたドロイドを紹介しておこう。彼、DK-RA-43は元プロトコル・ドロイドだから、マナーは心得ているはずだ。そうとも、自分の主人が誰だか忘れず、自分にとって何が最善か覚えていれば、まず間違いなく礼儀正しくふるまうだろう。

こんにちは、わたくしは
DK-RA-43
と申します。

わたくしがみなさんのお役に立つと申しつけられたのは、データバンクに、銀河の情報がどこのどんな有機体の脳よりも大量に詰まっているからでしょう。これまでの経歴に興味をお持ちかもしれませんので、簡単に自己紹介いたしますと、わたくしはRA-7プロトコル・ドロイドとして、アファにある巨大なドロイド製造工場で帝国に奉仕するために造られました。しかし、興味などまったくない可能性もありますね。これまでの経験からして、有機体は概して些末なこと、不快なこと、あるいはその両方にしか関心をもたない傾向があるようですから。

現在のご主人は、わたくしをサバック・ゲームで手に入れた、と申しております。もっとも、純血種のロス・キャットにサヴァリーン・ブランデーのひと樽と交換した、と言うこともあります。正直な話、ご主人はそのときどきで言うことが異なるのです。オーガのカンティーナで長時間過ごしたあとはとくにこの傾向が強くなるようです。それはともかく、最後の記憶消去を行ったあと、ご主人は一流のツアリズム・ドロイド数体から集めたデータベースをわたくしに加えました。

ご主人の命令で、みなさんが銀河を探検するお手伝いをするために、わたくしどもが訪れる可能性がある（とご主人が言う）惑星の資料だけでなく、実際には行かない（とご主人が言う）少数の惑星の資料も準備いたしました。この資料集めでは、少々混乱いたしました。なぜかと申しますと、訪問予定にある惑星のいくつかは、はっきり申しあげて文明国の人々が訪れるには相応しくない、たいへん危険な場所だからです。残骸や廃墟をぜひとも見たい方しか関心を持てないような惑星も混じっております。わたくしがその点を指摘しますと、ご主人にまた記憶消去するぞ、と脅されました。ですが、ここだけの話、わたくしのデータベースには、ご主人が選んだ惑星よりはるかに楽しめる、バケーション・スポットに適した惑星の情報が無数にございます。よろしければ、ご主人が推奨するよりずっと興味深く、ゆっくりくつろげる惑星にご案内いたしますので、遠慮なくお申しつけください。さらに、ご主人がみなさまにお渡しする資料に含めろと指示してきた情報のなかには、こんなことを知りたがる通常の旅行者もしくは観光客が果たしているのか、と首を傾げたくなるような情報もございます。大昔の戦い、地元の移動手段、不愉快な動物相に関する情報（こういう動物に出くわすような場所には決して行かれぬよう強くお勧めします）などもその一部です。

まあ、ご主人がきちんと説明してくれないだけかもしれません。ふだんから詳細を端折る方ですから。きっとイカドリアン・フリッター＝ウィピッツも顔負けなくらい、集中できる時間が短いのでしょう。それとも、わたくしたちを何かの企みに巻きこむつもりなのか……。いまよりもっと金持ちになり、怠けられると思えば、なんでもやる方ですからね。その場合は、ご主人のもくろみがいつものように妙な方向に進まないことを心から願うばかりです。みなさんもそうだと思いますが、監房区画の一室に拘束されるとか、ザイゲリアンに鎖でつながれる、有罪を宣告されてケッセルのスパイス鉱山に送られ、こき使われるなど、わたくしはごめんですから。

ですが、万が一みなさんともどもケッセルのスパイス鉱山で働かされるはめになった場合は、ご主人の先見の明に感謝し、岩を砕く合間に"喜ばしい"惑星に関して準備した資料の詳細をお伝えいたしましょう。

THE GALAXY
銀河

テクノロジーはすばらしいものだ。
広大な銀河に点在する惑星を結びつけ、人間からジャワ、ウーキー、イウォーク、ハットまで、異なる知的生命体を結びつける。
ハイパードライブがなければ、銀河帝国も、反乱同盟軍も、アウター・リムも、ファースト・オーダーも存在しえなかった。
銀河にはただ星々のきらめく広大な宇宙空間しかなかっただろう。

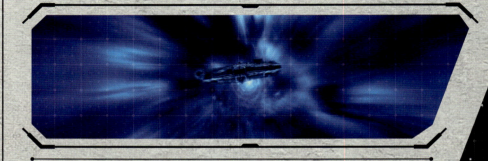

　今日の銀河は途方もなく広い、危険な場所だ。歴史を読んだだけでは、どの場所も燃え尽きた戦艦や敗北した軍の残骸が散らばる、たんなる戦場にしか思えないかもしれない。しかし、銀河のはずれにある最もさびれた惑星、いまではとうに忘れられてしまった惑星でも、生の営みは続いていく。銀河の真の姿はそう簡単に見抜けるものではない。それは仮面の奥や記憶のなか、噂や影のなかに隠れている。しかし、本物の探検者は、どれほど難しくても隠されているものを見つけるものだ。どこを探し、誰に尋ねればいいかわかっていれば、確立された通商ルート、安全な宇宙港、頼りになる移動手段は必ず見つかる。要はその気になるかどうかだ。

　帝国と反乱同盟軍、ファースト・オーダーとレジスタンスの物語は、いまや伝説となっている。だが銀河の惑星の命運は、一見しただけではわからない意外な人物に握られていることが多い。貿易商はあんがいパートタイムのバウンティ・ハンター（賞金稼ぎ）かもしれない。密輸業者は反乱軍のスパイを兼ねているかも。ドロイドでさえ、本当の任務を隠すためにハッキングされ、再プログラムされている可能性がある。

　だからよく目を開け、耳をすますことだ。ホロスキャナーを使い、注意深く指示に従おう。そうすれば、銀河を形作る様々な力が、思ったよりも近くに迫っていることに気づくだろう。

コレリア CORELLIA

コルサント CORUSCANT

ジャクー JAKKU

キャッシーク KASHYYYK

ダトゥイーン TATOOINE

ジオノーシス GEONOSIS

ケッセル KESSEL

ヤヴィン4 YAVIN 4

ナブー NABOO

ベスピン BESPIN

ホス HOTH

ムスタファー MUSTAFAR

エンドア ENDOR

スターキラー基地 STARKILLER BASE

バトゥー BATUU

SECTION ONE　THE INTERIOR
セクション1　インテリア

コレリア CORELLIA
銀河史初期、コレリアの人々は銀河で最も果敢な探検者であり、彼らの故郷は古代共和国の中心的惑星のひとつだった。しかし、その重要性は時とともに薄れ、いまのコレリアは汚染と貧困で泥沼状態、過去の栄光をしのばせるのは大規模な造船施設だけである。

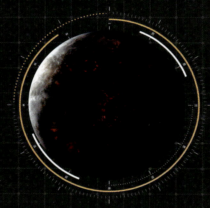

コルサント CORUSCANT
人類が誕生した惑星と言われているコルサントは、何千年も銀河の権力中枢であり、文化の中心であり続けた。しかし銀河に君臨した帝国の崩壊後、新共和国が首都をこの惑星から移すと、コルサントは台頭した犯罪組織が幅をきかせ、金持ちだけが安全を買える危険な惑星となり果てた。

ジャクー JAKKU
辺境にあるさびれた砂漠の惑星ジャクーの軌道では、帝国の残党が生き残りを賭け、新共和国に決戦を挑んだ。激戦の末に帝国は破れ、ジャクーの砂漠には墜落した戦艦や宇宙戦闘機（スターファイター）、地上用ヴィークルの残骸が残された。

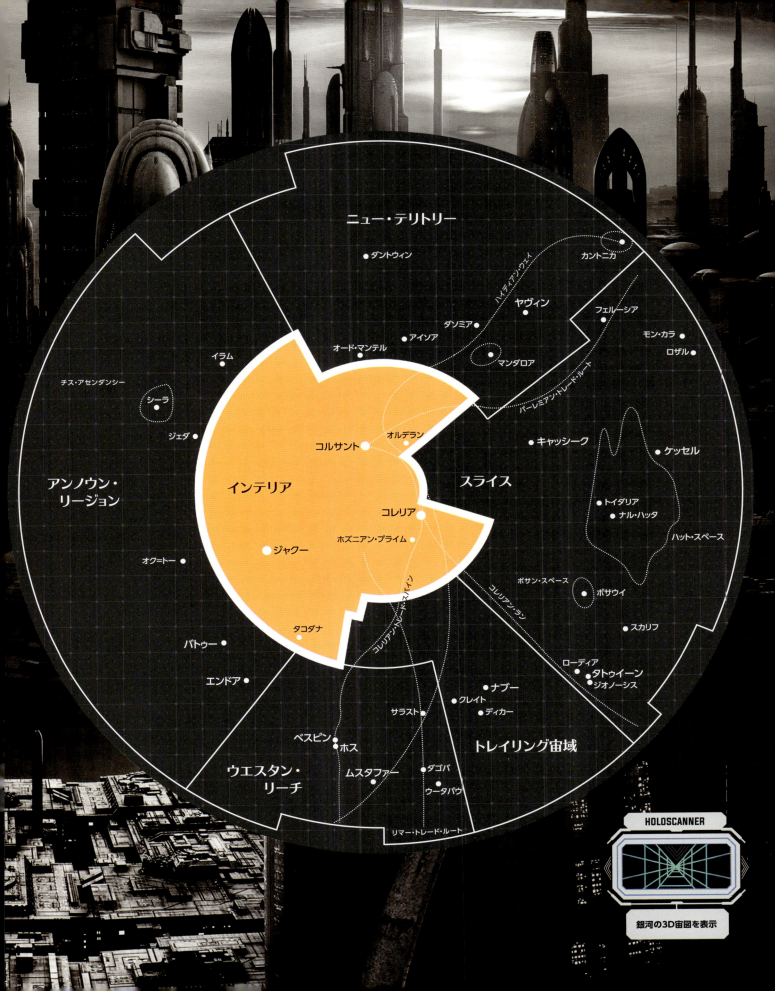

329

CORELLIA
コレリア

PLANETARY DATA 惑星データ

領域：コア・ワールド
宙域：コレリアン
タイプ：岩石と金属から成る
気候：温帯
直径：11,000 キロメートル
地形：丘陵、森、平野
自転周期：25標準時間
軌道周期：コレリアン暦329日
知的種族：人間
人口：30億

CORELLIA
いまや過去の影にすぎぬ——コレリア

数千年もまえ、コレリア人は
銀河の最も重要な
ハイパースペース・ルートの多くを開拓し、
何千という惑星に散らばって
そこに根を下ろした。
こうしてコレリアは、
共和国内で大きな力を持つに至った。
しかし、それは大昔のこと、
その後、銀河の権勢はより若い、
活気に満ちた惑星に移り、
コレリアは犯罪がはびこり、
貧困にあえぐ、汚染された惑星という
ありがたくない評判を得るに至った。
名高い造船産業だけは健在で、
優れた宇宙船を建造しつづけてきたものの、
それが仇となり、
コレリアの造船産業は軍事力の
増強をはかる帝国の支配下に置かれた。
皮肉なことだが、
コレリアの造船所が帝国海軍で
最速の戦艦の一部を造りだし、
銀河で活躍していることが
帝国の圧政に苦しみ、
反発する人々にとって、
せめてもの誇りとなっている。

DK-RA-43のコメント

　これほど長い、栄えある歴史のある惑星が、泥棒の悪ガキと、冷酷なギャング、平気で人を殺す奴隷商人がのさばる、ひどい場所なのは実に残念なことです。まっとうな住民ですら（そんな人々が見つかるとすれば）、きわめて計算高く、隙あらばつけこもうとするありさま。みなさんのお知りになりたいのがコレリアの文化であれば、コレリアの人々が開拓した611に及ぶ植民惑星の資料に目を通せば、この惑星に足を運ぶまでもなく正真正銘の文化的経験を十分味わえます。しかもこの方法なら、袋叩きにあう、有り金を奪われる、殺される危険は、これっぽっちもございません！

概要

コロネット・シティ、コロナ・ハウス、トレジャー・シップ・ロウ、ドリスマス図書館、
タイレナ、ドアバ・ガーフェル、ゴールド・ビーチ、オリクス・スパイン（オリクの尾根）、キーンの洞窟

歴史

コレリアの人々は昔から冒険心と放浪願望が人一倍強い。彼らは波の逆巻く嵐の海を航海し、銀河の開拓領域の先にある惑星に移り住んだ。彼らはまた、ハイパースペース航路の開拓でも大きな役割を果たしたことで知られている。

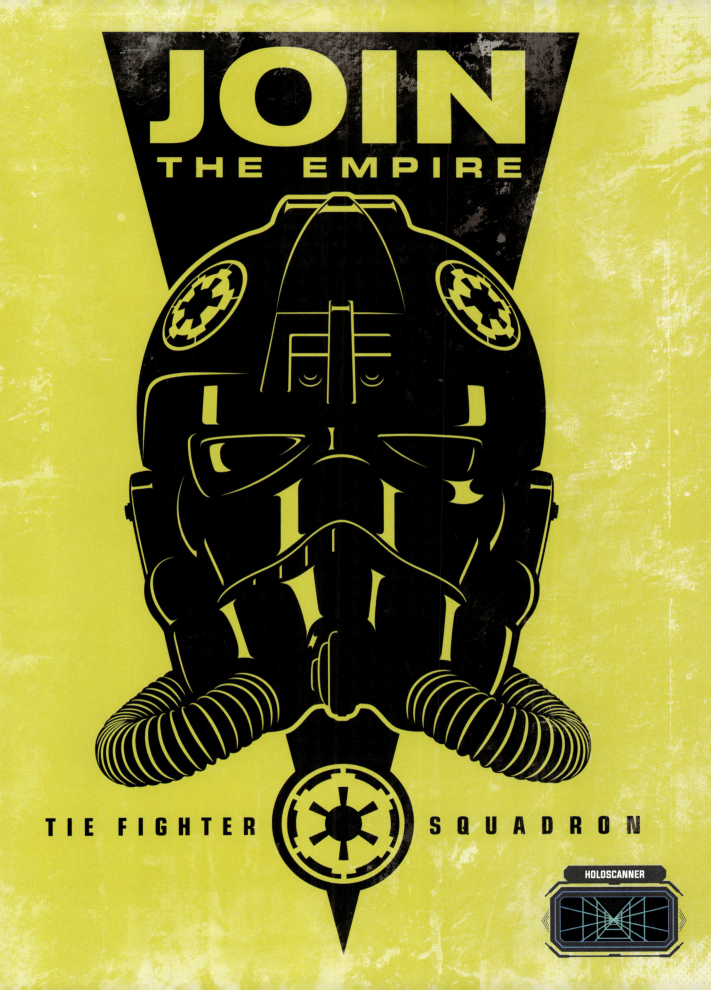

ヴィークル

M-68ランドスピーダー　M-68 LANDSPEEDER

モブクェット社のM-68にはハードトップとオープンカー・タイプの両方があり、ストリート・レーサーやスピーダー・マニアには、どちらも一級品と絶賛されている。289ハイレップ・リパルサーリフト・ジェネレーター（アストロメクのどの機種でも充電可能）から強力なインジェクトリン・エンジン、果ては多様な排熱スラスター・ノズルまで、M-68はとにかくすごいヴィークルだ。

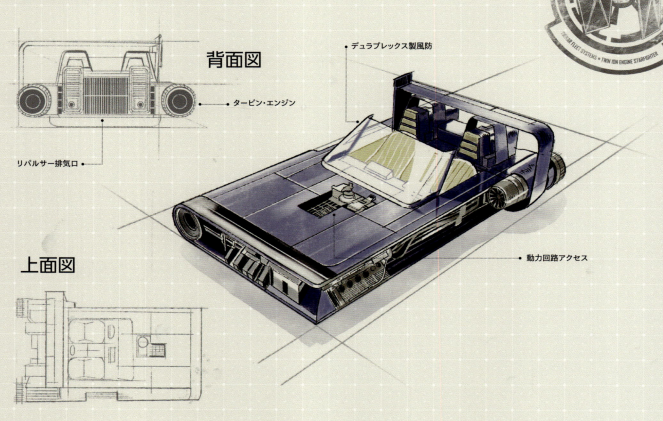

背面図
・デュラプレックス製風防
・タービン・エンジン
・リパルサー排気口
・動力回路アクセス

上面図

太く、短く生きろ

コレリアの男はエンジンかモーターが付いているものならなんでも、最速で飛ばさずにはいられない。次いで別の男がそれを超える速度を出そうとする。彼らは昔から無類のレース好きで、競走に使う動物を繁殖させ、せっせとマシンを改造してはレースに賭けてきた。コロネット・シティの街路では夜ごと危険な違法スウープ・レースが繰り広げられている。合法的なイベントでさえ、なんでもあり、規則など存在しない恐ろしいレースだ。毎年恒例のオリクス・スパイン・チャレンジがとくに有名だ。死傷者の数も多い。

CORELLIA

種族

グリンダリッド
GRINDALIDS

エクスパンション・リージョン（拡張領域）にある雲に覆われた薄暗い惑星、パーシスIX出身の虫に似た種族。その一部はコロネット・シティの大物ギャングにのしあがった。彼らは暗黒街で幅を利かせ、闇市の大部分を支配している悪名高いホワイト・ワームズのようなグループの実権を握っている。グリンダリッドの肌は太陽の光に当たると火傷するため、彼らが肌を保護する保護スーツを着けずに地上に出ることはめったにない。取引も自分たちが住み着いた都市の通りの地下にあるアジトで行う。

クリーチャー

シビアン・ハウンド　SIBIAN HOUNDS

コレリアン・ハウンドとも呼ばれる。この毛のない四足動物には多くの品種がある。どれも美しいとはお義理にも言えないが、鋭い嗅覚、スピード、機敏さを合わせ持つシビアン・ハウンドは、理想的な猟犬および見張り犬となる。どう猛だという悪評は不公平だろう。シビアンは優しい主人に訓練されれば、穏やかで忠実な動物なのだ。

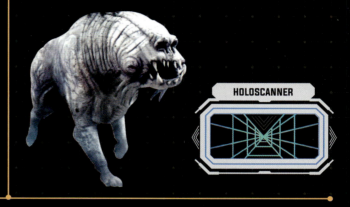

HOLOSCANNER

コレリアの暗黒街

コロネット・シティのトレジャー・シップ・ロウは、コレリアの海を渡る船長たちが剣や鞭で争いを解決していた時代から賑わってきた野外市場だ。ここはまた豊かな歴史を持つ地域のひとつでもある。しかし、そうした富の集まる地域の下、下水道や下水管が迷路のように入り組む地下の領域は、ホワイト・ワームズ、スーパーノヴァズ、ブラック・フリークスのようなギャングの縄張りだ。

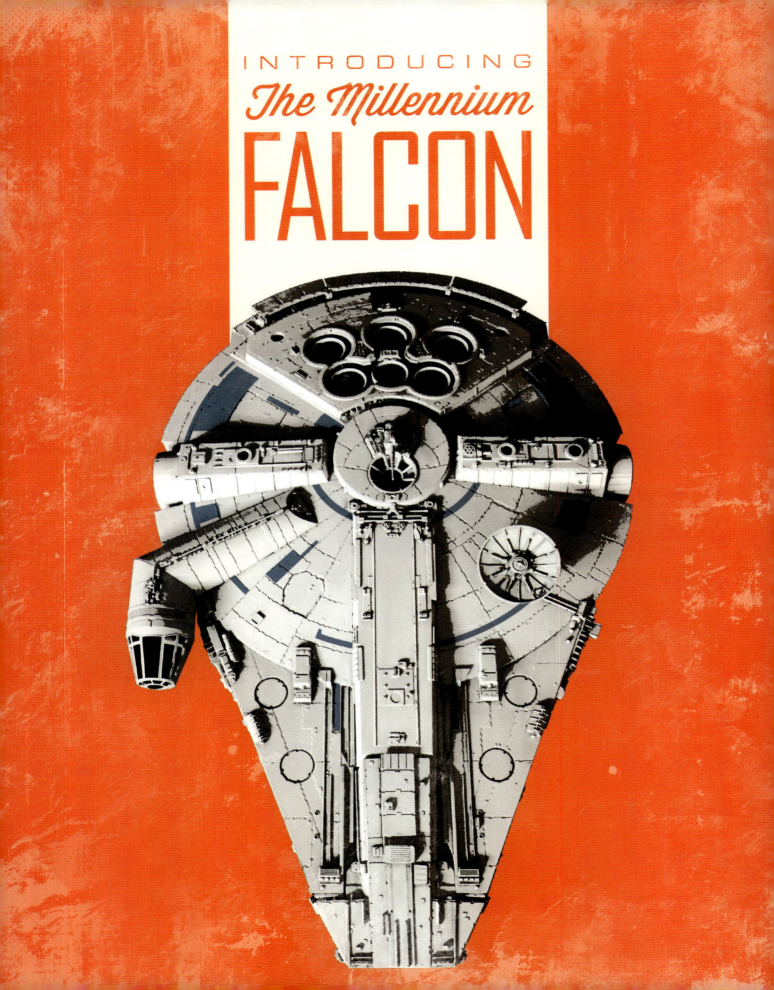

銀河に名を轟かせた宇宙船

ミレニアム・ファルコン　THE MILLENNIUM FALCON

ファルコンは、見かけはおんぼろかもしれないが、ハン・ソロの改造に次ぐ改造で肝心な部分は優れものが揃った頼りになる宇宙船だ。ハンはこれに乗り、ケッセルからサヴァリーンまで飛ばし、ケッセル・ランを12パーセク以下で達成した。そのあとまもなく、サバックのゲームでランド・カルリジアンに勝ち、彼からこの貨物船を手に入れた。以来、ファルコンはヤヴィン、エンドア、スターキラー基地、クレイトの戦いで活躍してきた。

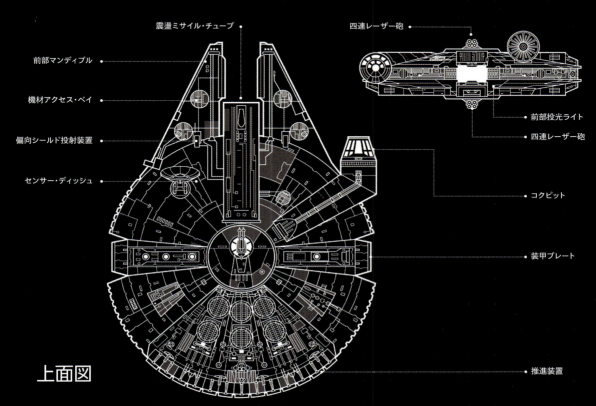

正面図

上面図

- 震盪ミサイル・チューブ
- 前部マンディブル
- 機材アクセス・ベイ
- 偏向シールド投射装置
- センサー・ディッシュ
- 四連レーザー砲
- 前部投光ライト
- 四連レーザー砲
- コクピット
- 装甲プレート
- 推進装置

コレリアで造られるヴィークル

タイ・ストライカー TIE STRIKER

帝国のスカリフにあるシンクタンクが設計したタイ・ストライカーは、地上施設の上空をパトロールする用途で建造された。海軍省では人気がなかったものの、進歩的な指揮官たちは、スピードと重火器を兼ね備えたタイ・ストライカーの真価を認めるようになり、コレリアのような造船所には定期的に注文が舞いこんだ。

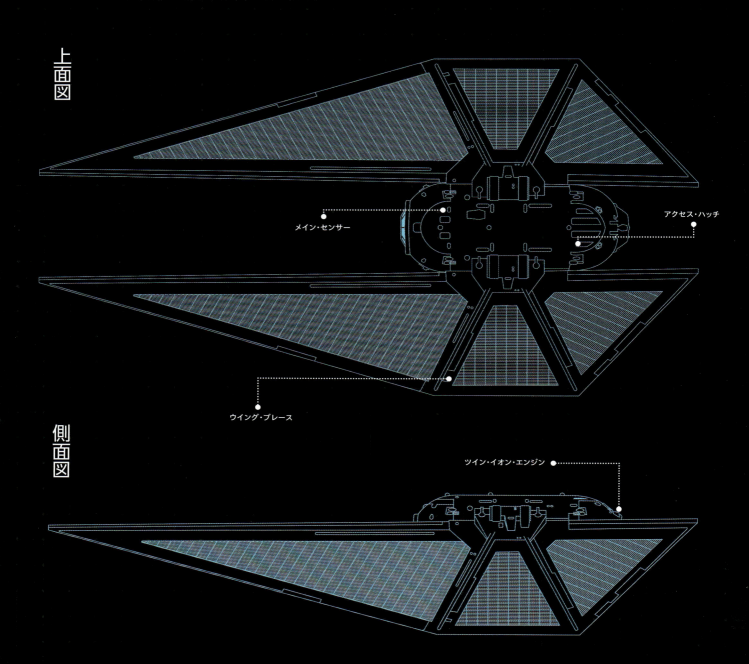

上面図
メイン・センサー
アクセス・ハッチ
ウイング・ブレース
側面図
ツイン・イオン・エンジン

インペリアル・カーゴ・シャトル　IMPERIAL CARGO SHUTTLE

帝国はコレリアにある造船所の大半を直轄とし、戦艦からスターファイター、軍需物資を運ぶ実用的なヴィークルまで、あらゆる乗り物を造らせた。このゼタ級シャトルはモジュラー・カーゴ・ポッドを下部に取り付けて輸送できる多用途の貨物ハウラーだ。これらのカーゴ・シャトルは帝国軍のパイロットだけでなく、帝国軍と輸送契約を結んだ民間業者のパイロットも操縦した。

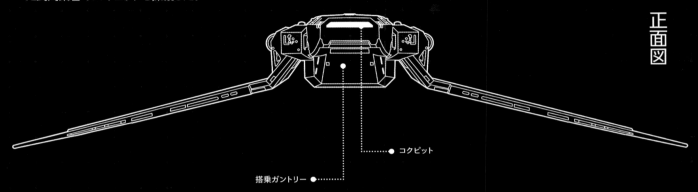

正面図

●コクピット

搭乗ガントリー●

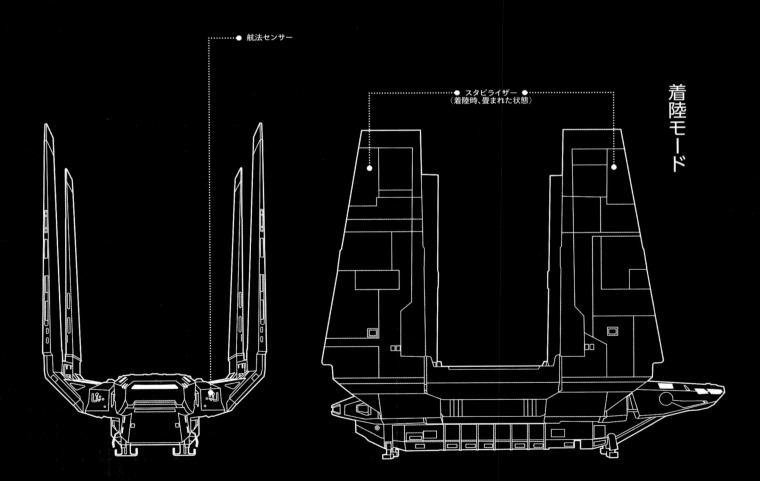

●航法センサー

●スタビライザー
（着陸時、畳まれた状態）

着陸モード

CORELLIA

特筆すべき人物

ハン・ソロ HAN SOLO

反乱軍の英雄としても、人一倍自信たっぷりの密輸業者としても同じくらいよく知られているハン・ソロは、コロネット・シティのスクラムラットだった。帝国海軍に志願し、この不幸な境遇から逃れたものの、帝国軍兵士としてのキャリアは短期間で終わりを告げた。士官候補生として落ちこぼれ、歩兵部隊から脱走した彼は、チューバッカとともにミレニアム・ファルコンに乗り、違法な密輸で生計を立てることになった。

キーラ QI'RA

キーラは何があってもしぶとく生き延びる女性だ。最貧困層が集まる過酷な環境のサイロで育ち、ホワイト・ワームズのスクラムラットとなった。その後クリムゾン・ドーンの期待の星として組織を動かす術を学び、戦闘能力と、必要とあれば冷酷な手段に訴える非情さも身につけた。

ウェッジ・アンティリーズ
WEDGE ANTILLES

反乱軍の英雄となったコレリア人はハン・ソロだけではない。帝国軍を脱走して反乱同盟軍に加わり、ヤヴィンとホスの戦いを生き延びたウェッジ・アンティリーズもそのひとりだ。エンドアの戦いでは、スターファイター中隊を率い、第二デス・スターの破壊の一助を担った。新共和国軍に所属したウェッジは銀河の動乱がおさまると、ホズニアン・プライムで次世代パイロットの訓練に専念した。

レディ・プロキシマ
LADY PROXIMA

ホワイト・ワームズを率いるグリンダリッドの女ボス。コレリアのコロネット・シティの地下、日光の届かない下水設備内の棲み処から、街中に配置した手下に違法行為を働かせ、それを監督する。プロキシマは自分を裏切り、太陽の光を自分に向けてけがをさせたハン・ソロを憎み、もとスクラムラットで密輸業者から反乱軍の英雄へと華麗な変身を遂げたソロに復讐しようと、何年も執念深くそのチャンスを狙いつづけた。

伝説の造船所

コレリアンは何千年もまえから優れた宇宙船を建造し、腕利きパイロットを輩出してきた。コロネット・シティにある広大な造船所のなかには、その昔、海を航海する船が建造されていたところもある。銀河に名高いコレリアン・エンジニアリング社のような造船会社では、貨物船から巨大な戦艦まであらゆる宇宙船が造られている。帝国はタイ・ファイターやスター・デストロイヤーを建造するためにコレリアの造船所を直轄にした。コレリア製のスター・デストロイヤーは、この等級の戦艦のなかでは最速だという評判を勝ちとっている。

ドロイド

L-1G労働ドロイド
L-1G WORKER DROIDS

労働ドロイドは、どんな危険な仕事でも退屈な仕事でも文句を言わずに黙々とこなす。コレリアの造船所や工場に雇われている何千もの労働者は、L-1Gのようなドロイドと張り合わねばならないため、労働ドロイドは貧しい暮らしから這いあがろうとする人間や他の種族から反感を持たれている。

武器

スクラムラットのスタッフ（杖） SCRUMRAT STAFF

コレリアの暗黒街では、盗まれたブラスターや振動刃（バイブロブレード）が簡単に手に入るため、暴力に拍車がかかる。だが、コレリアの犯罪者はセキュリティ・スキャナーをうまく通過できるような、一見武器に見えない武器も持っている。スクラムラットのリボルトは折れた送電用鉄塔から杖を作り、パワー・セルに繋いだその杖で、不運にも殴られた相手を感電させる。

365

CORUSCANT
コルサント

PLANETARY DATA 惑星データ

領域：コア・ワールド
宙域：コルスカ
タイプ：岩石や金属から成る
気候：温帯
直径：12,240 キロメートル
地形：都市の景観
自転周期：24標準時間
軌道周期：コルサント暦365日
知的種族：人間
人口：1兆

SECTION ONE

すべての中心地――コルサント
CORUSCANT

銀河文明の中心であるコルサントは、
惑星の地表全体が都市に覆われている。
雲を貫く高層のタワービルが
都市の景観を彩るが、そのはるか下には、
上層階とはまるで異なる光の届かない、
危険に満ちた世界が存在している。
かつて共和国や帝国の首都として、
銀河のどこよりも栄えたこの都市惑星は、
人類が誕生した場所だとされている。
しかし、悲しいかな、
帝国が崩壊したあと、
銀河の首都がほかに移ると、
まばゆくきらめく都市の大半が、
様々な犯罪シンジケートの支配下におかれた。
いまでは、昔は治安のよかった
上層階の地区までもギャングが横行し、
安心して街を歩けるのは、
武装したボディガードか
警備ドロイドを雇える者だけだ。
観光業は絶えて久しく、
コルサントは銀河の将来ではなく
この時代の憂慮すべき現実の
象徴となり果てた。

DK-RA-43のコメント

　コルサントが無法地帯と化したのは、わたくしどもの時代最大の悲劇のひとつです。この惑星にはなんと豊かな歴史があることか！ ギャラクシーズ・オペラ・ハウスの遊歩道をそぞろ歩くもよし。ヴェリティ地区の摩天楼のそばを飛びすぎるのも一興。この栄光に満ちたきらめく都市惑星は銀河文化の極みです！ ああ、いつの日か、教養ある立派な人々が、再び安心してここを訪れることができますように！

概要

連邦地区、インペリアル・パレス、モニュメント・プラザ、500リパブリカ、ヴェリティ地区、ウスクル地区、ギャラクシーズ・オペラ・ハウス、ココ・タウン、ザ・ワークス

歴史

何千年も銀河の首都でありつづけ、文化と権力の中心として栄えたコルサントは、帝国の崩壊により、深刻な打撃をこうむった。いまこの都市惑星では、犯罪組織が様々な地区の支配をめぐり、血みどろの戦いを繰り広げている。

ヴィークル

コルサントのエア・タクシー

ほかの惑星から訪れた人々は、まるで光の川のようなコルサントのスカイレーンに、一瞬どきっとするかもしれない。エアスピーダー、スウープ、スカイバス、その他の輸送手段が、引きも切らずに流れていく。しかし、実際のところは1兆もの人々が暮らしている惑星にしては、交通渋滞は驚くほど少ない。交通制御ネットワークがスカイレーンを"走る"ヴィークルに指示をだしているためだが、不愛想なうえに恐いもの知らずだと悪名高いエア・タクシーのドライバーは、それを無視して突っ切ることもある。

ギャラクシーズ・オペラ・ハウス

二世代まえは元老院ビルが銀河政治の中心であり、ジェダイ聖堂が銀河の平和を約束していた。そしてギャラクシーズ・オペラ・ハウスは文化の頂点だった。しかし帝国元老院は解散となり、新共和国元老院も木っ端みじんに吹き飛んだ。コルサントが不死鳥のごとくよみがえるという希望のシンボルとして残っているのは、いまではこのオペラ・ハウスだけだ。

SUPPORT
THE GALAXIES
OPERA HOUSE

ギャラクシーズ・
オペラ・ハウスの
灯をたやすな！

種族／クリーチャー

人間

コルサントは銀河に広がり、大半の惑星で生を営む人類の誕生の地であると言われてきた。科学者はその主張に疑いをさしはさんでいるものの、科学的な議論はともかく、コルサントが人類の文化の中心であることは明らかだ。現在のような嘆かわしい状況にあっても、コルサントは辺境の惑星に留まらざるを得ない人々に、無限の可能性と贅沢な暮らしという夢を与えている。

コウハン

惑星インドウモド原産の猛毒を持ったこの小さな節足動物は、速攻性の神経毒で獲物を仕留める。セキュリティにひっかかる心配がなく、所有者をたどるのもほぼ不可能とあって、コウハンは暗殺者が好む殺し道具のひとつだ。暗殺に使うときには、いっそう獰猛にするため餌を与えずにおくが、取り扱いにはよくよく注意する必要がある。ひとつ間違えれば、猛毒を持った牙が標的ではなく暗殺者自身に深々と突き刺さることになりかねない。ザム・ウェセルはナブーのパドメ・アミダラ議員を亡き者にしようと、二匹のコウハンを使った。

歴史

銀河協定

エンドアの戦いのあと、マス・アミダはコルサントで権力を保ったが、ガリアス・ラックス元帥はこの首都惑星に未来はないと判断し、アミダをインペリアル・パレス内に幽閉した。コルサントは帝国軍の派閥どうしの争いと、権力の空白を埋めようとしのぎを削る犯罪シンジケートの抗争で混乱状態に陥る。やがてパレスを脱出したアミダは新共和国との銀河協定に署名し、銀河内戦に正式に終止符を打った。

ヴィークル

ジェダイ・インターセプター JEDI INTERCEPTOR

イータ2アクティス級軽迎撃機、別名ジェダイ・インターセプターは、フォースで研ぎ澄まされた反射神経を持つパイロットに合わせて設計されている。センサー、シールド、重量のある計器パッケージが取り除かれているため、いちだんと快速で小回りがきくのだ。ジェダイ・インターセプターに乗ったオビ＝ワン・ケノービとアナキン・スカイウォーカーは、敵味方の戦艦が入り乱れて戦うコルサントの軌道付近を突っ切り、グリーヴァス将軍の旗艦に捕らわれたパルパティーン最高議長の救出に向かった。

ドロイド

カム・ドロイド

数千年ものあいだ、銀河元老院は連邦管区にそびえ立つ巨大な元老院チャンバーで様々な責務を執り行ってきた。カム・ドロイドは常に元老院議員たちのプラットホームの周囲を飛びまわって彼らの言葉と映像を記録し、銀河全体に中継していた。賢い議員は同僚の政治家たちに媚びるだけでなく、遠隔操作されたこれらの録音機付きカム・ドロイドにどう映るかも計算したものだ。

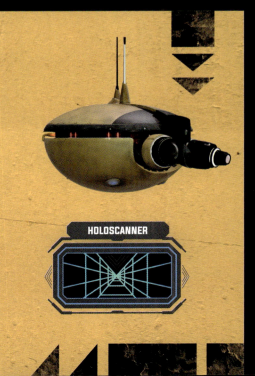

HOLOSCANNER

武器

セネト・ガードのライフル

青いローブに身を包み、羽飾り付きのヘルメットをかぶったセネト・ガードは、Mk-IIパラディン・ライフルで最高議長と元老院を守った。

特筆すべき人物

マス・アミダ MAS AMEDDA

政治の世界で生き延びる術に長けた、惑星シャンパラ出身のシャグリアン。ヴァローラム最高議長の下で副議長を務めていたが、期待の新星であるパルパティーンに忠誠を移し、その後、最高議長に選ばれたパルパティーンに仕えた。皇帝となったパルパティーンが滅んだあとも生き延びて、新共和国と協定を結び、その監視下で戦争直後の暫定政府を率いた。

デクスター・ジェットスター DEXTER JETTSTER

コルサントが引き寄せるのは政治家や科学者、アーティスト、様々な野望を抱いた起業家だけではない。4本の腕を持つベサリスク、デクスター・ジェットスターはココ・タウンで何十年も食堂を営み、素朴な味の料理を供しながら、多くの友人たちに貴重な情報を提供してきた。ジェダイ・ナイトのオビ＝ワン・ケノービもそうした友人のひとりだった。

ダーク・ギャラリー

グリーヴァス将軍 GENERAL GRIEVOUS

分離主義勢力のドロイド軍最高司令官であるグリーヴァス将軍は、クローン大戦の終盤、大胆不敵にも機動艦隊を率いてコルサントを奇襲し、パルパティーン最高議長を誘拐した。ジェダイにパルパティーンを救出され、彼のもくろみは失敗に終わったものの、軌道の激戦がもたらした戦艦やスターファイターの残骸や破片は、何十年もたったいまでもコルサントに傷跡を残している。グリーヴァスは惑星ウータパウでオビ＝ワン・ケノービに殺された。

ザム・ウェセル ZAM WESELL

自在に姿を変えられるクローダイトの暗殺者。バウンティ・ハンターのジャンゴ・フェットから危険な仕事を受けたのが運の尽きとなった。ナブー選出のアミダラ元老院議員の暗殺に失敗したザム・ウェセルは、ふたりのジェダイから逃げたものの、ついに追いつかれてしまう。だが、ジェダイに黒幕を明かす寸前、毒を塗ったセーバーダートで殺された。

362

JAKKU
ジャクー

PLANETARY DATA 惑星データ

領域：インナー・リム・テリトリー
宙域：なし
星系：ジャクー
タイプ：岩石や金属から成る
気候：高温乾燥
直径：6,400 キロメートル
地形：砂漠、荒れ地
自転周期：27標準時間
軌道周期：ジャクー暦362日
知的種族：ティードー
人口：不明

SECTION ONE

JAKKU

帝国の敗北が決まった地——ジャクー

銀河の開拓領域のすぐ手前にある
荒涼たる砂漠の惑星ジャクーは、
銀河内戦の最後の戦いが行われた
場所として知られている。
惑星のほぼ全域を占める砂の海と
荒れ地では、戦いで破壊された
戦艦の残骸が朽ちていく。
その多くが"宇宙船の墓場"と呼ばれる
広大な地域に散らばっている。
この"墓場"が、ジャクーの
ただひとつの商業源だ。
廃品回収業者にとって
これらの残骸は飯の種。
彼らは少しで使えそうなものを回収し、
その日暮らしを送りながら
いつかもっとましな人生へと逃げだす
夢を見て、その日暮らしを送っている。
ジャクーの住民は
回収した部品だけではなく
この地に潜む大きな秘密に関する噂も交換する。
だが、物語を食べることはできない。
ジャクーに住む大半の人々とっては
失望や孤独に満ちた辛い人生が続く。

概要

ニーマ・アウトポスト、カーボン・リッジ、宇宙船の墓場、シンキング・フィールズ、ゴアゾン荒地、プレインティヴ・ハンド高原、ブローバック・タウン、クレイタータウン

歴史

辺境の開拓惑星ジャクーは、新共和国と帝国の残党が決戦でぶつかった場所だ。惑星の砂漠には、軌道の激しい撃ち合いで破壊され、落ちてきた戦艦が散乱している。その日暮らしの廃品回収者は、それ以来、半分砂に埋もれた残骸からまだ使える部品を回収している。

DK-RA-43のコメント

ジャクーは昔から何ひとつ興味深いもののない無法地帯です。唯一の例外は宇宙船の墓場ですが、ここはたいへん恐ろしい場所なのです！ 危険な放射能や有毒な化学物質、不発弾はもちろんのこと、墓場から回収した部品を食料や日用品と交換して暮らしている廃品回収者は、ほとんどが泥棒や人殺し。へたにうろうろするとどんな目に遭わされることか！ こう申してはなんですが、ジャクーを訪れても何ひとつよいことはありません。

FIRST ORDER
STORMTROOPER
ELITE SQUAD
INTERGALACTIC ARMY

ヴィークル

インペリアル・スター・デストロイヤー
IMPERIAL STAR DESTROYER

帝国海軍の主力であるこの巨大な戦艦は、すさまじい威力を持つレーザー砲を多数搭載し、タイ・ファイター中隊や、反乱軍のいる惑星を完全に鎮圧できるだけの兵士およびヴィークルを搭載している。スター・デストロイヤーは軍事力の要であるだけでなく、心理的な兵器としても使われることが多い。短剣型の巨大な戦艦を見た敵は、その威容だけで恐怖に慄くからだ。

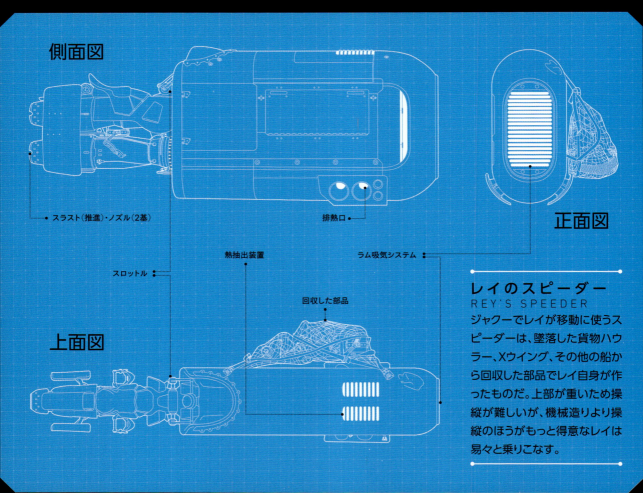

側面図 / 正面図 / 上面図

スラスト(推進)・ノズル(2基) / 排熱口 / スロットル / 熱抽出装置 / 回収した部品 / ラム吸気システム

レイのスピーダー
REY'S SPEEDER

ジャクーでレイが移動に使うスピーダーは、墜落した貨物ハウラー、Xウイング、その他の船から回収した部品でレイ自身が作ったものだ。上部が重いため操縦が難しいが、機械造りより操縦のほうがもっと得意なレイは易々と乗りこなす。

クリーチャー／種族

スチールペッカー／ナイトウォッチャー・ワーム
STEELPECKERS/NIGHTWATCHER WORMS

過酷な環境の惑星ではあるが、ジャクーは生命に溢れている。スチールペッカーは金属を探し貪る生物で、夜になると獲物を狩るために鋼鉄をも嚙みくだく顎が現れる。スキッターマイスは彼らを恐れて巣穴に引っこむ。ジャクーで最も恐れられているのはナイトウォッチャー・ワームだ。これは最長20メートルを上回る捕食動物で、砂のなかを泳ぐように移動し、地表の振動を感じるといきなり姿を見せる。

ティードー TEEDOS

小柄な人型種族。ほとんどの場合、サイバネティクスで改良したラガービーストにまたがり、回収物を求めてジャクーの砂漠をうろついている。縄張り意識が非常に強く、ある種のテレパシー能力を持っているらしく、ひとりのティードーの身に起きたことは、ほとんどの場合ティードー全体に伝わる。彼らには個人という認識はない。すべてのティードーがティードーと呼ばれる。彼らがジャクーの先住種族か、それとも遠い昔ジャクーに住みついたのか、その点に関しては生物学者の意見が分かれている。

歴史の趨勢

軌道から戦艦がジャクーの砂漠に落ちてくると、廃品回収業者は早速その残骸から兵器、装置、燃料、機械などを回収しはじめた。ジャクーの戦いから一世代過ぎたあとも、相変わらず廃品回収が惑星の唯一の産業である。風で砂が動くたびに新たな残骸が砂のなかから現れる。ジャクーの廃品回収者たちは、回収した軍需物資や間に合わせの武器で見つけた掘り出し物を守り、ニーマ・アウトポストの洗い場に運んで汚れを落としてから、まだ使える部品や機械を食べ物や乏しい物資と交換する。

宇宙船の墓場

ジャクーで唯一興味深いのは、巨大な残骸が荒涼とした砂漠にわびしい影を投げている、有名な宇宙船の墓場だけだ。廃品回収者や半端仕事をしている者をツアーガイドに雇うこともできるが、料金をぼったくられ、安全は保証されない。しかも見つけた回収品はすべてガイドのものになる。ジャクーの村落では、文明の進んだ惑星で期待できるようなサービスはほとんど手に入らないばかりか、泥棒やペテン師が鵜の目鷹の目でかもを探している。旅行者はこれを肝に銘じておくべきだ。

特筆すべき人物

フィン FINN

ファースト・オーダーで育ったFN-2187は日々プロパガンダを叩きこまれ、ストームトルーパーとして訓練された。だが、フィン（ポー・ダメロンが付けた名前）はこの洗脳をはねつけ、ファースト・オーダーを離れようと決意、ダメロンの脱出に手を貸す。スターキラー基地を破壊する奇襲にも大きく貢献したあと、彼はレジスタンスに加わるか、戦争の恐怖から離れて平和な暮らしを求めるかの選択を迫られる。

レイ REY

出生のさだかでないジャクーの廃品回収者レイは、やがてレジスタンスのヒーローとなり、ルーク・スカイウォーカーを探しだし、孤独な隠遁生活を捨てるよう説得する。スカイウォーカーの助けを得て、レイは自分のもつ大きなフォースの力を解き放ちはじめ、台頭した軍事政権ファースト・オーダーに脅かされる銀河に新たな希望を与える。

ロー・サン・テッカ LOR SAN TEKKA

フォースの教会の信奉者にして探索者。帝国が抹消したジェダイに関する知識の多くを拾い集め、復活させた。残り少ない余生を静かに過ごそうと、ジャクーに引退したサン・テッカだが、願っていたような平和な毎日を送ることはかなわなかった。レジスタンスとファースト・オーダーの両方が、姿を消したルーク・スカイウォーカーを見つける鍵を握る彼のもとを訪れ、争いが起こったのだ。

アンカー・プラット UNKAR PLUTT

水の惑星クルール出身のクロルート、アンカー・プラットは、いくつか取引に失敗したあと、どういうわけか彼の種族にとっては最悪の場所、砂漠の惑星ジャクーに落ち着くはめになった。だが抜け目のないプラットはニーマ・アウトポストのボスにおさまり、廃品回収者を牛耳っている。彼はアーヴィング・ボーイズから手に入れたミレニアム・ファルコンを、ほんの短期間ではあるが所有していた。

SECTION TWO THE SLICE
セクション2 スライス

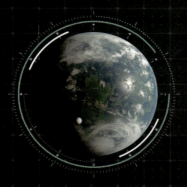

キャッシーク KASHYYYK

高さ数キロメートルにおよぶ巨大なロシュアの木が森の大半を占める、階層式の生態系を持つ緑の惑星。天を衝かんばかりのロシュアの木が、生活のほぼすべての面に使われている。巨木の梢に造られた村や町には燦々と陽があたるが、光の射さないロシュアの太い根の周囲には恐ろしい捕食獣が徘徊している。

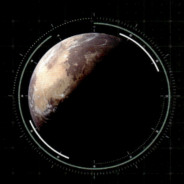

タトゥイーン TATOOINE

双子の太陽を周る砂漠の惑星。長いあいだハット一族に支配され、違法な品物をアウター・リム全体に密輸する交易場所として使われてきた。過酷な気候にもかかわらず、様々な生物が砂漠の周期と調和して生きている。

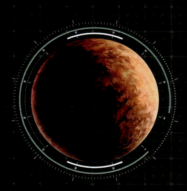

ジオノーシス GEONOSIS

卓状台地と不毛の荒地が地表を覆う岩だらけのジオノーシスは、かつて設計や機械工学に強いジオノージアンと呼ばれる昆虫種族の惑星だった。だが、帝国はジオノーシスの軌道で初代デス・スターを建造したあと、秘密保持のために彼らをほぼ皆殺しにした。

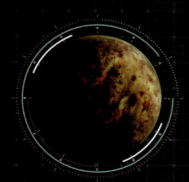

ケッセル KESSEL

ブラックホールやほかの危険な要因が絡み合う中心に位置するケッセルは、銀河に出回るスパイスとコアクシウムの主要産地でもある。パイロットとしての腕と気概を証明したがっている者にとっては、航行が難しいことで有名なケッセル・ランを飛ぶのが通過儀礼となっている。

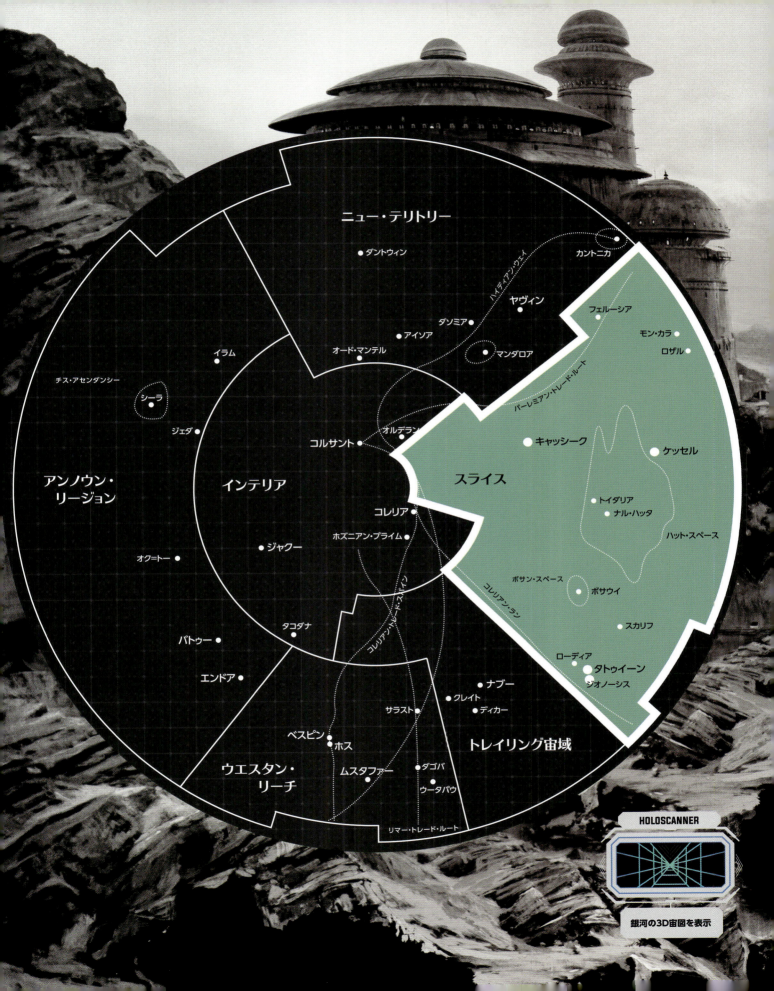

381

KASHYYYK
キャッシーク

PLANETARY DATA 惑星データ

領域：ミッド・リム・テリトリー
宙域：ミタラノア
タイプ：岩石や金属から成る
気候：温帯湿潤
直径：12,765 キロメートル
地形：森林
自転周期：26標準時間
軌道周期：キャッシーク暦381日
知的種族：ウーキー
人口：5,600万

SECTION TWO

KASHYYYK
樹木の王国――キャッシーク

巨木が天を衝かんばかりに
そびえる緑の惑星キャッシークは、
勇敢な戦士ウーキーたちの故郷だ。
彼らは何十年ものあいだ帝国と
銀河の犯罪組織に労働を
強いられてきた。
キャッシークには
その占領と戦争の傷跡が
生々しく残っている。
だが、その後に続く平和な時代に
ようやく森に残る不幸な過去の
爪痕も癒えはじめた。
キャッシークを訪れる人々は、
変化に富んだ生態系と、
野性味の残る世界を
目にすることだろう。
ウーキーの町が造られている
ロシュアの梢は、風通しがよく、
陽あたりもよい。
だが、そのはるか下の
太い根がはびこる地表は
昼でも暗く、危険に満ちている。

DK-RA-43のコメント

　キャッシークの鬱蒼と茂るロシュアの森はまさに銀河の宝物です。自然と調和を保って生きるウーキーたちの立派な心がけは、ほかの種族も見倣うべきでしょう。とはいえ、この惑星では、絶対にガイドのそばを離れないように！　陽の当たる木々のてっぺんから少し下りると、そこはもう獰猛な捕食動物がうろつく暗い世界。キャッシークの町の下に広がる陽光の届かない薄闇は、ウーキーですらよほど勇敢でなければ足を踏み入れたがらないほど危険なのです。

概要

カチーホ、ワワート諸島、ルークロロ

歴史

キャッシークは帝国に徹底的に搾取された。彼らはこの惑星をテリトリーG5-623と分類し、ウーキーを労働力として酷使したばかりか、思うさま森を蹂躙した。クローン大戦末期には、激戦地となったものの、エンドアの戦い後まもなく、新共和国により、長きにわたる占領から解放された。

ウーキー・カタマラン

毛むくじゃらのウーキーは文明人に見えないかもしれないが、実はめっぽう機械に強い。彼らは木やほかの自然資源を使って、手作りしたものと先進テクノロジーをうまく融合させ、優れた道具や乗り物を造りだす。2基のリパルサーリフト・エンジンを取り付けたウーキー・カタマランもそのひとつ。ウーキーたちはスピードがあり小回りが利くこの水上用の乗り物で、キャッシークの湾や入り江を渡る。

種族

ウーキー WOOKIEES

力の強い、毛むくじゃらなウーキーは、どう猛に見えるだけでなく、実際に気が短く、すぐに恐ろしい咆哮をあげる。しかしほんとうは平和を愛し、忠誠を重んじる、優しい心の持ち主なのだ。帝国軍がキャッシークを占領すると、多くのウーキーが自分たちの意志に反して惑星を離れねばならなかったが、やがてその多くが故郷を再建しようと樹上の家に戻ってきた。

カチーホ

熱帯のワワート諸島の海辺沿いに伸びるキャッシークの首都。この街のロシュアの森には、首都を死守しようとウーキーとクローン兵士が分離主義勢力のドロイドと戦った傷痕と、帝国の占領軍が残した損傷がまだ残っている。しかしキャッシークは驚くほど早く再生し、観光客は高い梢に造られたカチーホの町で、暖かいそよ風と新鮮な空気と、無尽蔵の森のエネルギーの脈動を肌で感じながら、平和なひとときを楽しむことができる。

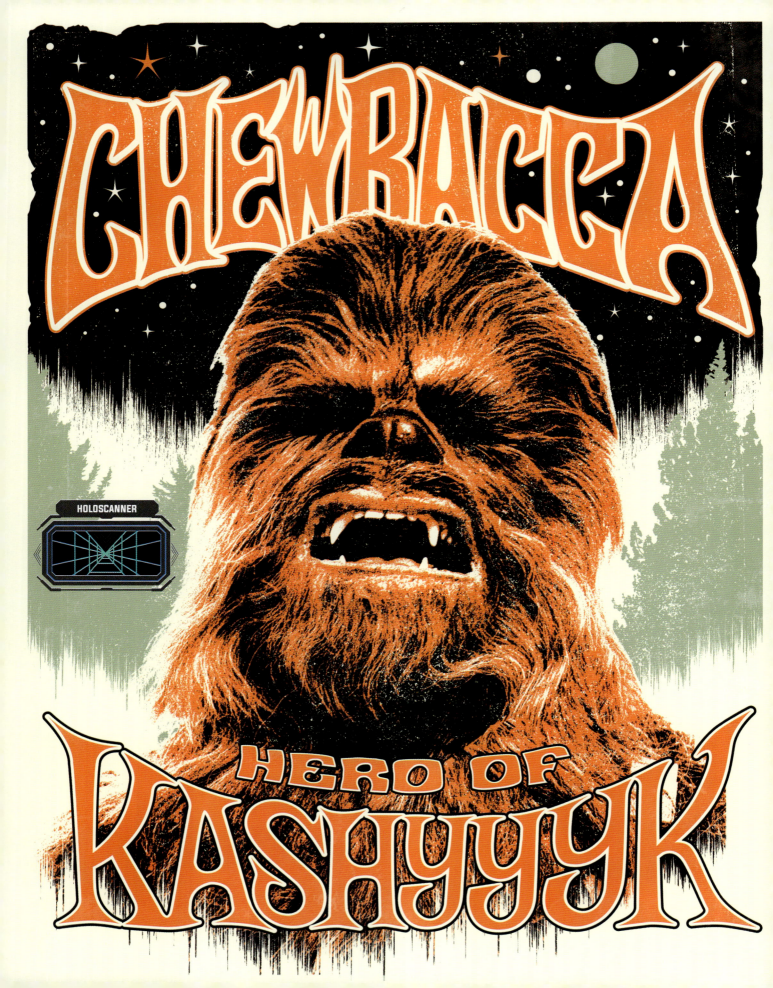

特筆すべき人物

チューバッカ CHEWBACCA

伝説の密輸業者にして反乱軍の英雄。クローン大戦時、故郷でドロイド軍と戦ったあと、ミレニアム・ファルコンの一等航海士として命の恩人である友人ハン・ソロに仕えた。ヤヴィン、ホス、エンドア、スターキラー基地、クレイトで彼が果たした役割により、チューバッカは自由を求める戦いの不朽のシンボルとなっている。

ヨーダ YODA

共和国末期のジェダイ・グランドマスター。オーダー66が発令され、クローン兵士がそれまで仕えていたジェダイの将軍に銃を向けたとき、ヨーダは分離主義勢力の攻撃からキャッシークを守っていた。彼はウーキーの助力を得て共和国軍から逃れ、シスによる粛清を生き延びた数少ないジェダイのひとりとなる。

ルミナーラ・アンドゥリ LUMINARA UNDULI

賢いミリアランのジェダイ・マスター。ジオノーシスの戦い、キャッシークの戦いで活躍したルミナーラ・アンドゥリは、オーダー66を生き延びたものの、帝国の諜報員に捕まり、処刑された。バリス・オフィーをパダワンとして訓練し、アソーカ・タノとケイレブ・デューム（のちに反乱者たちの英雄となるケイナン・ジャラス）にとっても、よき師だった。

304

TATOOINE
タトゥイーン

PLANETARY DATA 惑星データ

領域：アウター・リム・テリトリー
宙域：アケニス
タイプ：岩石や金属から成る
気候：砂漠
直径：10,465 キロメートル
地形：砂漠
自転周期：23標準時間
軌道周期：タトゥイーン暦304日
知的種族：タスケン・レイダー、ジャワ
人口：110万

SECTION TWO

TATOOINE

危険に満ちた埃っぽい——タトゥイーン

双子の太陽に
じりじり焼かれる荒涼たる、
砂漠の惑星タトゥイーンは、
昔から
密輸業者やギャンブラー、
法と正義から逃れてきた
胡散臭い連中が好んで
集まる場所だった。
銀河のまばゆい中心、
コア・ワールドからは
はるか彼方に位置するものの、
タトゥイーンは銀河史に
大きな貢献を果たした。
ここは反乱同盟軍の英雄にして
ジェダイ・マスター、
ルーク・スカイウォーカーの
故郷であり、
犯罪王と呼ばれたジャバ・ザ・ハットの
本拠地でもあったのだ。
意外にも無法の惑星
というありがたくない評判にひかれ、
タトゥイーンには刺激を求める
ポッドレースのファンや
観光客がやってくる。

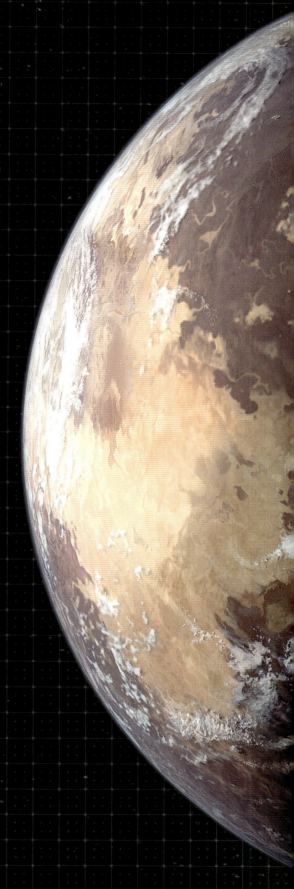

DK-RA-43のコメント

なんとまあ、タトゥイーンですか？ これほど腑に落ちないリクエストはめったにございません。砂漠の景色で言えば、ヴェネラブル・スタータのほうがはるかに美しいですし、惑星パルマティアンIIならば、ショック首輪を付けられる心配も、いい加減に掘った墓に放りこまれる心配もせずにギャンブルを楽しめます。わたくしのデータベースには、犯罪組織に支配されていない観光地が364,988か所もございますよ。とはいえ、要求された情報を提供するのが仕事ですから……。プログラミング・モジュールに、水分抽出作業に関する興味深い工程の情報がもっと含まれていればよかったのですが。

概要

ベガーズ・キャニオン、デューン・シー、グレート・チョット・ソルト・フラット、グレート・メスラ高原、カークーンの大穴、ジャバの宮殿、ジャンドランド峡谷、モス・アイズリー、マッシュルーム・メサ、モス・エスパ

歴史

採鉱移民が押し寄せたこともあったが、貴重な金属は発見されず、彼らのうちかろうじて残ったのは、過酷な環境に耐えられる農場主だけだった。アウター・リムのハイパースペース・ルートが交差するタトゥイーンは、現在も密輸のハブとして栄えている。何十年もタトゥイーンを支配してきたハット一族は、銀河の法などどこ吹く風で違法行為を続けている。

TATOOINE

種族

タスケン・レイダー TUSKEN RAIDERS
タトゥイーン原産の生物と言えば、バンサ、ロント、イオピー、デューバック、伝説のクレイト・ドラゴンがまず頭に浮かぶが、最も危険なのはタスケン・レイダーだ。彼らは好戦的な遊牧種族で、水を神聖視している。タスケンはいまでも開拓地の農場を襲い、儀式的な拷問といけにえのために、運悪くその場に居合わせた農場主やその家族をさらっていく。

ジャワ JAWAS
ぼろのような外套とフードで全身をすっぽり覆った小柄な種族。彼らは捨てられた機械や廃棄されたドロイドを探して、タトゥイーンの砂丘や不毛の荒れ地をサンドクローラーで巡回している。ジャワから掘り出し物を安く買いたい？　いや、それはやめたほうがいい。商品の多くは盗んだものであるうえに、修理はあきれるほどずさんで、サンドクローラーが砂丘の向こうに見えなくなったとたんに、壊れることが多い。

武器

イオン・ブラスター ION BLASTER
ジャワは回収した部品で作ったイオン・ブラスターで、砂漠で迷っているドロイドや人間や他の種族をスタンする。

テクノロジー

ガダッフィ・スティック GADERFFII STICK
ガッフィ・スティックとも呼ばれる。タスケンは、砂漠で拾ったくず鉄や壊れた機械を利用してこのこん棒を作り、武器として使う。

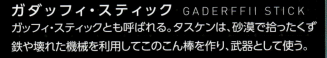

水分凝結機 MOISTURE VAPORATOR
これで大気中から水分を抽出し、貯蔵するか、水栽培に再利用する。水分農場で働く人々はこうした装置でたまった水を売り、生計をたてている。

Welcome To MOS EISLEY
Home of The Famous Chalmin's Cantina

有名なチャルマンのカンティーナがあるモス・アイズリーにようこそ

一杯やるなら
モス・アイズリーのカンティーナ

チャルマンのバーでは、それこそありとあらゆる言語が耳に入ってくる。ここは長いあいだ、種族を問わずパイロットのたまり場だった。通訳ドロイドを連れてこい、と言いたいところだが、チャルマンの方針で、"ドロイドはお断り"だ。店の奥の薄暗いテーブル席には近寄らぬほうが無難、地元の連中がけんかを始めても口も手もだしてはいけない。フィグリン・ダンとモーダル・ノーズはもういないが、専属バンドがいまでも「わたしに夢中」や「デューン・シー・スペシャル」など、往年のヒット曲を演奏している。

ポッドレース

スピードとエンジン・イオンの爆音に目がない向きや、飛んでくるエンジンに八つ裂きにされる危険があってもかまわない向きには、ポッドレースはうってつけのスポーツだ！　こうるさい安全規定のせいで銀河の中心部ではめったに見られないが、アウター・リムではポッドレースが盛んに行われている。タトゥイーンには専用のアリーナがいくつもあるが、コアなファンは砂漠の非合法レースに関する情報にも詳しい。パワフルなマシーン、卑劣な技、息を呑む事故。もしも年季の入ったファンが隣に座ったら、ブーンタ・イヴ・クラシックでアナキン・スカイウォーカーが手にした、伝説的勝利の話が聞けるかも！

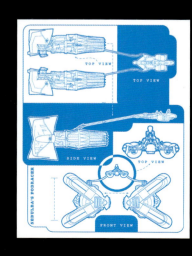

ジャバの宮殿

北部デューン・シーの端に建つジャバ・ザ・ハットの宮殿は、多くの秘密を隠した古代の迷路のようだ。ここはボマー・オーダーと呼ばれる修道会に属していたのだが、ジャバは何十年もまえに残っていた僧侶を地下に追い払い、ここを犯罪組織の本拠地とした。彼は詐欺師や殺し屋などがたむろす"謁見の間"でビジネスを取り仕切り、気に入らない連中は広間の下に落として、地下の巣穴に繋がれているランコアの餌にした。とくに不幸な囚人は、砂漠にあるカーケーンの大穴へと運ばれ、触角をうごめかせるサルラックの口に投げこまれた。

ケタンナ KHETANNA

ジャバがユブリキアンの職人に作らせた特注セール・バージ。空中に浮かぶ宮殿とも言うべきケタンナには、謁見の間からプライベート・ラウンジ、設備や飲食物などを揃えたキッチンまで装備されており、ジャバはこれに乗り、デューン・シーで行われる会合や、囚人の処刑を見物するのにカーケーンの大穴へ出かけた。だが、ハン・ソロを救出にやってきたルーク・スカイウォーカーと反乱軍の仲間たちとの争いに巻きこまれ、ケタンナは爆破炎上。ジャバもその騒ぎのさなかに殺されたため、アウター・リムの犯罪組織は混乱に陥った。

ダーク・ギャラリー

ジャバ・ザ・ハット
JABBA THE HUTT

悪賢く残酷な犯罪王ジャバ・ザ・ハットは、広大なアウター・リムに犯罪帝国を築き、タトゥイーンのデューン・シーにある宮殿からそれを支配していた。密輸業者、海賊、奴隷商人、殺し屋などのネットワークを思いのままに動かしていたジャバだが、帝国が崩壊する直前、ついに最期を迎えた。自分のそばに鎖で繋いでいたレイア・オーガナに、その鎖で首を絞められたのだ。

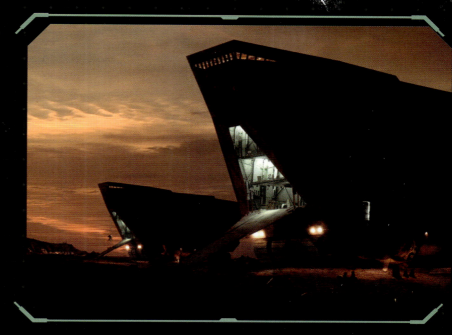

ヴィークル

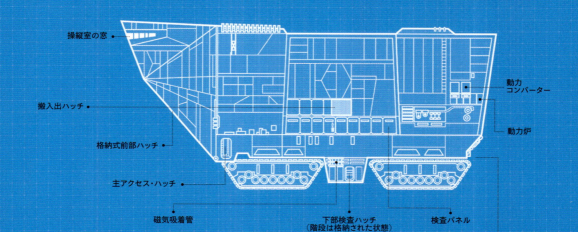

側面図

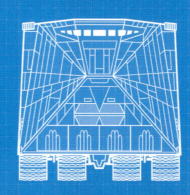

正面図

サンドクローラー SANDCRAWLER
短かった採鉱ブーム時に使われた鉱物運搬・精錬用輸送車。キャタピラーで動く巨大なサンドクローラーは、ジャワが移動可能な鋳物工場、売店、修理ベイ、住居として使っている。ジャワは決まったルートをたどり砂漠を横切りながら、落ちている金属や廃棄された機械を回収し、修理して使うかタトゥイーンの住人に中古品として売りつける。

クリーチャー

サルラック（カークーンの大穴）
SARLACC

サルラックはタトゥイーンのデューン・シーにある大穴にひそみ、鋭い歯を持つ口から放射状に伸びる触覚で獲物をからめとる。ジャバ・ザ・ハットはカークーンの大穴に囚人を落とす"処刑"見物をことのほか楽しんだ。知覚生物と思われるこの怪奇な捕食動物の寿命や原産地については、現在も議論の的となっている。

バンサ　BANTHA

多くの惑星でよく見られる動物で、肉、毛、毛皮、乳の供給源として飼育される。タトゥイーンのタスケン・レイダーは子ども時代から自分のバンサと一対一の深い絆を結び、これに騎乗して戦う。自分の乗り手が死ぬと、バンサは餌を食べなくなり、まもなく息を引き取る。

HOLOSCANNER

デューバック　DEWBACK

爬虫類に属するデューバックは、歩みがのろいとはいえきわめて頑健で、ジャワやロント、バンサほど気むずかしくないため、荷役動物にはもってこいだ。冷血動物であるため、夜になるとほとんど動かなくなり、体を寄せ合って暖をとる。朝には仲間の背中（バック）におりた露（デュー）をなめるところから、この名が付いた。

特筆すべき人物

ルーク・スカイウォーカー
LUKE SKYWALKER

デス・スターを破壊し、ジェダイ・オーダーを再建して銀河の伝説となったルーク・スカイウォーカーは、砂埃の舞い飛ぶアンカーヘッドの近くにあるおじの農場で育った。おじの手伝いで様々な雑用に追われ、"ヤワなやつ"というありがたくないあだ名を付けられていたという。英雄のこの意外な生い立ちは、多くの惑星で不満を抱えて過ごす若者たちに希望を与えてきた。

TATOOINE

256

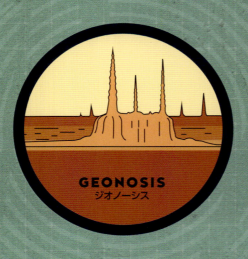

GEONOSIS
ジオノーシス

PLANETARY DATA 惑星データ

領域：アウター・リム・テリトリー
宙域：アケニス
タイプ：岩石や金属から成る
気候：砂漠
直径：11,370 キロメートル
地形：岩場、砂漠
自転周期：30標準時間
軌道周期：ジオノーシス暦256日
知的種族：現在なし（過去にはジオノージアン）
人口：ゼロ

SECTION TWO

GEONOSIS

邪悪が生まれた地——ジオノーシス

銀河の先進テクノロジーが導入されると
この過酷な乾いた惑星に住む
昆虫型種族は、
ドロイドの製造に優れた手腕を発揮した。
ジオノージアン・ハイヴは
共和国の規則や法律を無視し、
トレード・フェデレーション
（通商連合）の注文に応じて
せっせとバトル・ドロイドを製造し、
その後も分離主義勢力のために
ドロイドや兵器を造りつづけた。
クローン大戦は、ジオノーシスに
囚われたジェダイの救出任務に、
カミーノで養成されたクローン軍が
送られたことから始まった。
その後ジオノーシスで製造されている
ドロイド兵の流れを断つ必要が生じると、
共和国は再びジオノーシスへと
軍を差し向けた。
帝国は初代デス・スターを
ジオノーシスの軌道で建造し、
その後、秘密を保つため、
非情にもこの惑星の住民を皆殺しにした。

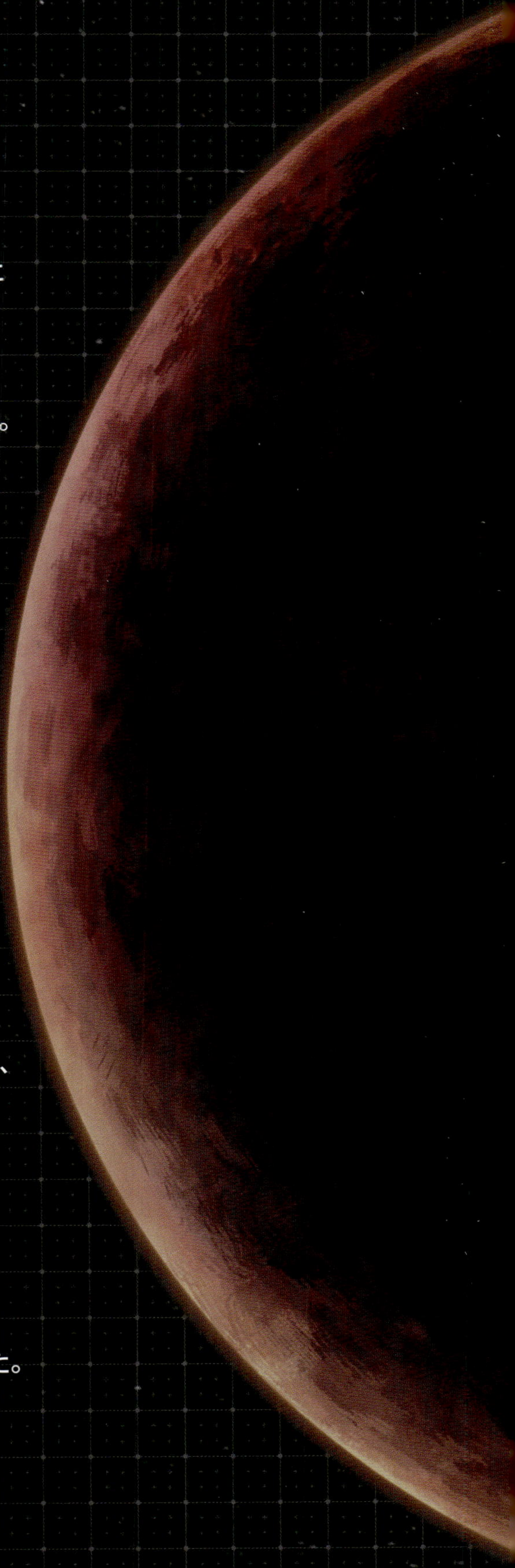

概要

ドロイド製造工場、処刑アリーナ、
プロゲート寺院、コラカニ・マウンド

歴史

ジオノージアンは機械の設計および製造に関して、天才的な能力を持っていた。彼らはクローン大戦中この技術を使って分離主義勢力の大義に貢献し、その後、この能力が災いして、強制的に帝国のために働かされた。

DK-RA-43のコメント

ここも殺伐とした惑星ですね。しかも住民さえおりません！ とはいえ、わたくしのデータバンクにあるジオノージアンの記録によれば、これは少しも損失とは申せませんね。正直な話、彼らがたてるシャカシャカ、カチカチという音を聞いていると、回路がショートしそうです。いずれにせよ、ジオノーシスに立ち寄る場合は、必ずちゃんとした呼吸マスクをご用意ください。有毒な汚染物質を持ち帰らないために、訪問後わたくしにはオイル・バスが必要です。それも最高級の潤滑油にしていただきますよ。

クリーチャー

オーレイ ORRAY
ずんぐりした四足動物オーレイは、騎乗および荷役動物として繁殖され、育てられる。野生のオーレイは鞭のような尻尾に棘があるが、安全のためとこのクリーチャーをより従順にするために、ジオノージアンは尻尾を切り落とす。オーレイは現在、絶滅したとみなされている。

種族

ジオノージアン GEONOSIAN
厳格なカースト制の社会で、労働者と兵士ドローンはそびえたつ塔で暮らす上流階級のために、死ぬまであくせく働きつづける。社会不安が生じることはまれだが、いったん起こると破壊的な影響をもたらすため、貴族階級はうまく彼らの鬱憤を発散させる。アリーナで猛獣どうし、あるいは死刑囚と猛獣の戦いを見物させるのも、ライバル・ハイヴとの戦いに駆りだすのもそのひとつだ。クローン大戦中、共和国はジオノージアンの上流階級に関する噂が真実であることを知った。ジオノージアのハイヴは地下の卵を産む場所から女王が統治していたのだ。

ヴィークル

ソーラー・セーラー SOLAR SAILER
ジオノージアのハイヴは裕福な人々や銀河の企業、惑星政府から注文を受け、ドロイドおよびヴィークルを造っていた。ポグル・ザ・レッサーが設計し、ドゥークー伯爵に贈った恒星間スループ船は、そのなかでも特別優美なヴィークルだ。古代のデザインを基にしたこのスループ船は、巨大なソーラー・セール（太陽帆）を使って宇宙航路を旅する。

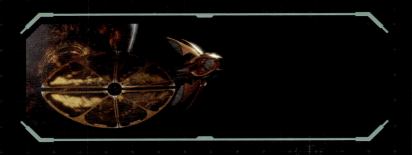

ドロイド

B1バトル・ドロイド
B1 BATTLE DROID
トレード・フェデレーションはB1から成るドロイド軍を司令船から指揮して、ナブーを侵略し、占領下に置いた。その後のクローン大戦でも、ジオノージアンの設計による何十億体ものこの"ブリキ野郎"が戦場に駆りだされた。B1はちゃちな造りでたいした戦力にはならなかったが、数に物を言わせて敵を圧倒した。

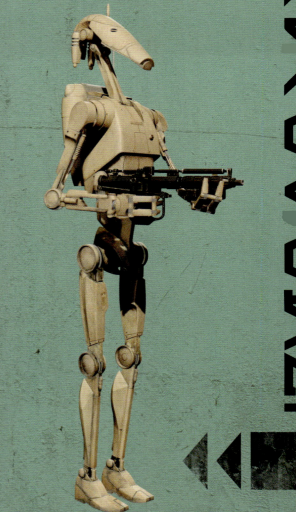

デス・スター　DEATH STAR

小衛星ほどの大きさを誇るこの装甲戦闘ステーションは、一発で惑星を粉々にするスーパーレーザー・ディッシュを核にして造られた。帝国の監督の下ジオノーシスの軌道で行われた建造作業では、ジオノージアンが強制的に労働者として駆りだされ、その間惑星に出入りできるのは、一部の帝国軍エンジニアと司令官のみだった。

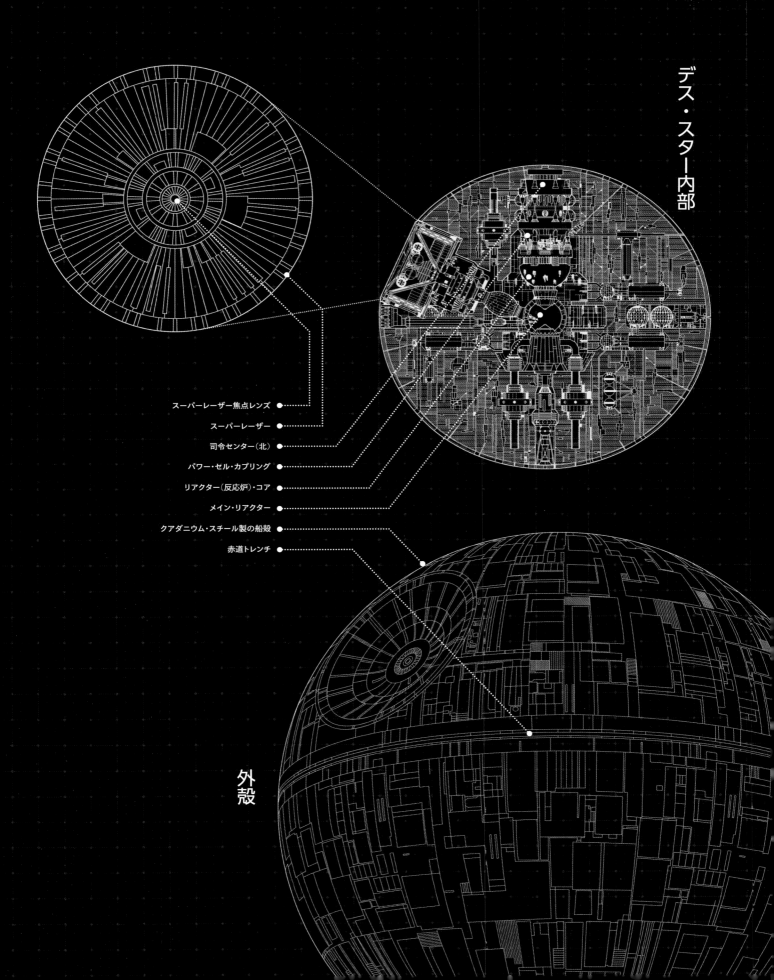

デス・スター内部

- スーパーレーザー焦点レンズ
- スーパーレーザー
- 司令センター（北）
- パワー・セル・カプリング
- リアクター（反応炉）・コア
- メイン・リアクター
- クアダニウム・スチール製の船殻
- 赤道トレンチ

外殻

特筆すべき人物

ソー・ゲレラ
SAW GERRERA

若い頃オンダロンで分離主義勢力と戦ったソー・ゲレラは、その後、帝国と戦うパルチザンとなり、過激な戦術で名を轟かせた。彼は帝国が惑星を破壊する兵器を建造しているという噂に取り憑かれ、答えを求めてジオノーシスの岩ばかりの荒れ地に降り立つ。

クローン・トルーパー
CLONE TROOPER

分離主義勢力が戦争を起こす準備を進めている最中、ジェダイは共和国に仕えるために誕生時から訓練されたクローン兵士が、カミーノで養成されていることを知る。同胞を救出するためヨーダがそのクローン軍を率いてジオノーシスへ向かったことから、クローン大戦の火ぶたが切って落とされた。これは不幸な結末を迎えるジェダイとクローンの協力関係の始まりとなった。

ダーク・ギャラリー

ポグル・ザ・レッサー
POGGLE THE LESSER

スタルガシン・ハイヴのリーダーであるポグル・ザ・レッサーは、下層階級から権力の座に昇りつめたきわめて珍しいジオノージアンだ。彼の出世は謎の後援者のひそかな経済的支援によるところが大きかった。ポグルは共和国軍に捕まったが、逃亡し、クローン大戦の終わりにムスタファーで最期を迎えた。

ドゥークー伯爵
COUNT DOOKU

独立星系連合のカリスマ性のある政治指導者。ジェダイ・オーダーを去った数少ないジェダイ・マスターのひとりでもある。共和国の堕落を糾弾する彼の熱弁により多くの星系が分離主義勢力の味方についた。彼は連合に加わった多くの惑星に足を運んだが、ジオノーシスとそのドロイド製造工場もそのひとつだった。

322

KESSEL
ケッセル

PLANETARY DATA 惑星データ

領域：アウター・リム・テリトリー
宙域：ケッセル
タイプ：岩石と金属からなる
気候：高温
直径：7,200 キロメートル
地形：山脈、荒れ地、森
自転周期：12標準時間
軌道周期：ケッセル暦322日
知的種族：なし
人口：1万

SECTION TWO

KESSEL ― スパイスがすべてを支配する――ケッセル

囚人にせよドロイドにせよ
ケッセル鉱山行きは、死刑宣告に等しい。
何世代ものあいだ、不幸な囚人たちは
過酷な労働条件で悪名高いケッセルの
スパイス鉱山で強制的に働かされ、
石を砕いてスパイスとコアクシウムを
採取してきた。
犯罪組織パイク・シンジケートは
帝国からふつうの犯罪者や政治犯を
奴隷の労働力として定期的に
供給するという約束とともに、
ケッセルを治めるヤルバ王と
契約を取り付け、
惑星の半分の地域の採鉱許可を得た。
ケッセルは航行に支障をきたしかねない
様々な危険要素の中心にある。
快速の宇宙船を持つ腕利きのパイロットには、
地獄のようなこの惑星を発ち、
危険の多いケッセル・ランを飛び抜けるのは、
いい腕試し、度胸試しでもある。

概要

ケッセル・シティ、スパイス鉱山

歴史

ケッセルのスパイス鉱山は、何世紀にもわたり悪名を轟かせてきた。そこではたやすく強力な麻薬に変えられるスパイスと、コアクシウムが採取される。コアクシウムはハイパースペース航行に必要不可欠な揮発性燃料だ。

DK-RA-43のコメント

　まさか、冗談ですよね!? 貴重なプロセッサー・サイクルを費やし、こんな恐ろしい立ち寄り先を検討する日がこようとは。奴隷労働、有毒物質、加えて航行中に恐ろしい事故で死ぬ現実的な可能性が非常に高い。これだけ揃えば、ケッセルが銀河の庭園スポットにみなされていないのが不思議なくらいです!（すみません、ちょっと皮肉を言ってみました。） ひょっとすると、この資料のタイトルは、"正気の知的生物が決して訪れてはいけない、恐ろしい惑星の悲惨な旅行記"と変更すべきではないでしょうか。

種族

パイク PYKES

先細りの巨大な頭蓋とぎらつく目の、惑星オバ・ダイア出身の種族。共和国が崩壊すると、パイク・シンジケートはケッセルのスパイス生産を一手に握り、その収益をシンジケートのほかの犯罪事業にまわした。パイクはケッセルの汚染された空気にアレルギー反応を起こすため、シンジケートのメンバーはこのスパイス惑星に配属されるのを極度に恐れていた。とはいえ、地下の狭苦しいトンネルでは、労働者がはるかにひどい汚染にさらされて死ぬまで働かされているのだ。

ダーク・ギャラリー

クエイ・トルサイト
QUAY TOLSITE

ヤヴィンの戦い以前、クエイ・トルサイトはケッセルでパイクの活動を仕切っていたが、鉱山で起きた奴隷の蜂起とドロイド革命のさなかに殺された。この騒動がもたらした鉱山への損害に加え、コアクシウムが大量に盗まれたことによりパイクの収益が急激に落ちたため、犯罪組織間の微妙な勢力均衡が崩れた。

テクノロジー

コアクシウム COAXIUM

ケッセルではスパイスが王なら、コアクシウムは女王だ。コアクシウムは、実空間とハイパースペースの境にある超物質（ハイパーマター）の一種で、光速を超えるハイパースペース航行の燃料には欠かせない。これはケッセルで採鉱され、細心の注意を払って精製所に輸送される。未精製のコアクシウムは非常に不安定で揮発性が高く、低温にさらされても、大きく揺れても爆発する。帝国の初期の優先事項のひとつは、コアクシウムの生産を統制し、宇宙艦隊が必要とする燃料を確保することだった。

KESSEL

ドロイド

L3-37 L3-37

自分で自分を組み立てた変わり種のドロイド。ランド・カルリジアンとともに銀河を広く旅し、驚くほど広範な航行データベースで大いに貢献した。ドロイドの権利を熱心に擁護するL3はケッセルでドロイド革命を率いている最中、破壊されたものの、その一部はミレニアム・ファルコンを動かすドロイド脳のひとつとして生きつづけている。

DD-BD DD-BD

ほかのドロイドを監督し、事務仕事を遂行するアドミンメク・ドロイド。企業の工場などで使われることが多い。WDDアドミンメクであるDD-BDはオークションでパイクに買われ、ケッセル鉱山に割り当てられた。しかしL3-37に拘束ボルトを解かれて自由になると、喜んでL3のドロイド革命に加わり、鉱山を監督する非情なパイクたちに立ち向かった。

武器

A300 ブラスター・ライフル　A300 BLASTER RIFLE

ブラステック・インダストリーズ社製A300ライフルは、安価なうえ操作も手入れも簡単なため、銀河の至る所で使われている。汚染した空気と石埃が悩みの種であるケッセルでは、武器や機材はすぐにだめになるため、採鉱を監督するパイクたちもA300を便利に使っていた。

特筆すべき人物

タク　TAK

作業員は疲労困憊の末に、あるいは事故で、さもなければ闇にひそむという噂の恐ろしい危険のせいで死ぬまで、劣悪な環境で酷使される。そんなケッセル鉱山に送られるはめになった囚人のいきさつは多種多様だ。コルサントで年配者から金をだましとり、生計をたてていたタクの場合は、ケッセルのプリンセス相手に詐欺を働こうとして捕まり、鉱山行きとなった。

サグワ　SAGWA

ウーキーのサグワはキャッシークのルークロロ出身。帝国軍パトロール隊に反抗したあと、気がつくとケッセルの悪名高いスパイス鉱山で働いていた。さいわいチューバッカに発見されて自由になったサグワは、彼とともにパイクの見張りを攻撃した。

セクション3 ニュー・テリトリー
SECTION THREE
NEW TERRITORIES

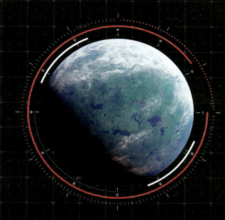

ヤヴィン4 YAVIN 4

アウター・リムの片隅にぽつんとあるエメラルド色の衛星。長いこと、ガス巨星を周るこの月のことを知っているのは調査隊やガス採取者ぐらいのものだったが、やがて反乱同盟軍がここを主要基地にする。彼らは月の軌道でデス・スターを爆発させ、銀河に自由を取り戻す戦いで初めて大きな勝利をものにした。

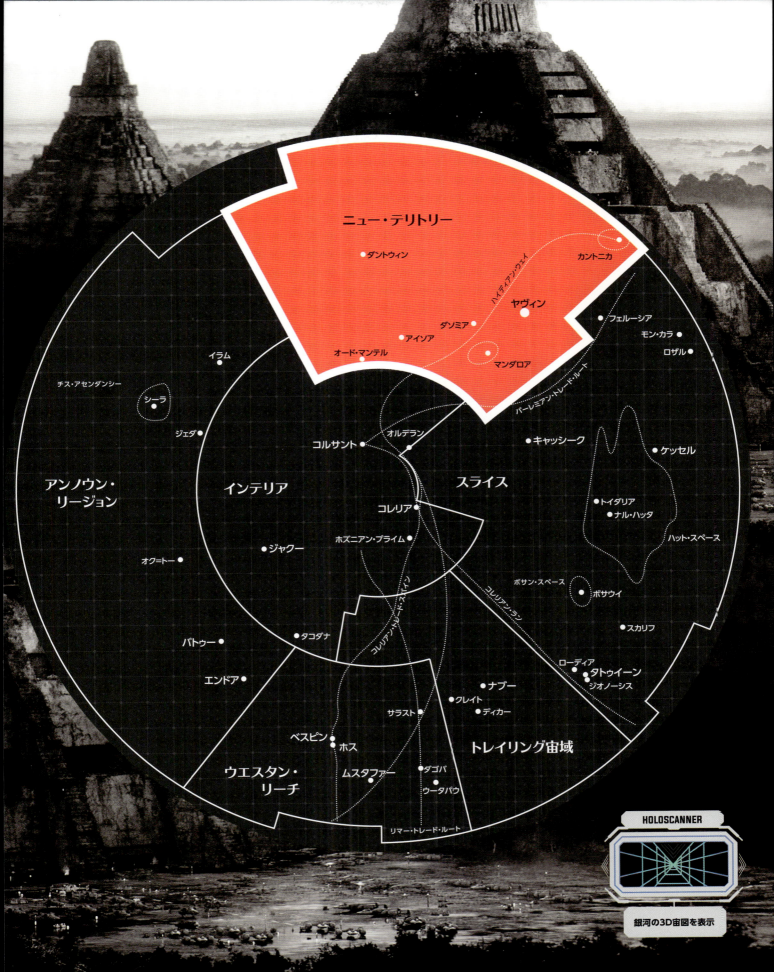

4,818

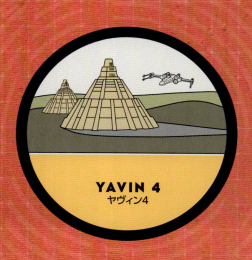

YAVIN 4
ヤヴィン4

PLANETARY DATA 惑星データ

領域：アウター・リム・テリトリー
宙域：ゴーディアン・リーチ
星系：ヤヴィン
タイプ：岩石や金属から成る
気候：温帯
直径：10,200 キロメートル
地形：ジャングル、熱帯雨林
自転周期：24標準時間
軌道周期：ヤヴィン暦4,818日
知的種族：なし
人口：1,000（推定）

SECTION THREE

YAVIN 4

再び希望が生まれた地——ヤヴィン4

ヤヴィン4はアウター・リムの
片隅にあるガス巨星を周る
ジャングルの月だ。
しかし、反乱同盟軍がこの月を
主要基地の場所に選ぶと、
宇宙空間でエメラルド色に輝くこの月は、
銀河史を作り変える
重要な戦いの舞台となった。
スカリフの戦いの直後、
レイア・オーガナは、同志が
帝国軍から盗みだし送信してきた
デス・スターの設計図を携え、
ヤヴィン4に到着する。
レイアを追跡してきた恐るべき
戦闘ステーション、デス・スターが、
超兵器により反乱軍を衛星ごと
壊滅させようと、間近に迫っていたが、
Xウイング・ファイターから
ルーク・スカイウォーカーが放った
プロトン魚雷が見事に命中し、
デス・スターは爆発、
木っ端みじんになる。
反乱軍の思いもよらぬこの勝利は、
帝国の支配をその根底から揺すぶった。

概要

グレート・テンプル、マサッシ谷、スカイゲイザー・ヒル

歴史

なんの変哲もない衛星だったヤヴィン4は、反乱同盟軍の主要基地が置かれると、一躍、銀河の表舞台に登場する。初代デス・スターがその軌道で宇宙の塵と化したのだ。反乱軍の帝国軍に対するこの勝利は、銀河に新たな希望をもたらした。

DK-RA-43のコメント

はい、はい、わかりました。そこまで言うなら行ってみましょう。まあ、この立ち寄り先には実際に歴史的メリットがあります。ヤヴィン4の生態系は、降りたとたんにむさぼり食われるほど物騒ではありませんが、おそらくみなさんが行きたがる危険なエリアを探検する場合は十分な用心が必要でしょう。なにせ反乱軍が引きあげるときに残していった弾薬の類が山ほどありますし、デス・スターの破片が散乱する軌道は航行上の危険が伴うばかりか、そこには問答無用で撃ってくる廃品回収業者がうろついておりますから。

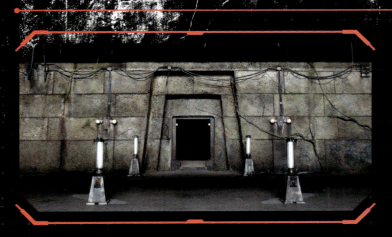

グレート・テンプル

ヤヴィン4のジャングルに点在する石造りの古代の寺院は、いまでは失われたマサッシ文化の名残だ。ダントゥインの基地を放棄せざるをえなくなったあと、反乱同盟軍上層部はヤヴィン4を基地候補に挙げた偵察チームの査定に従った。巨大な切り石で造られたグレート・テンプルは、大型戦艦による軌道からの爆撃にも耐えうるほど頑丈だった。もっとも、デス・スターのスーパーレーザーに直撃されれば、ひとたまりもなかっただろうが……。

武器

E-11ブラスター・ライフル
E-11 BLASTER RIFLE

銀河帝国のストームトルーパーにとって標準装備である、ブラステック社製E-11ブラスター・ライフルは、光学式照準眼鏡付き、高エネルギーの赤いプラズマ・ビームを発射する。反乱同盟軍はこのライフルの多くを手に入れ、もと所有者に対して使った。

生命溢れる惑星

ひと握りの忍耐強く頑健な移住者の故郷となったヤヴィン4には、デス・スターの部品をあさりに来る廃品回収業者があとをたたない。また歴史に興味を持つ、恐い者知らずの観光客もときおり訪れる。ホテルもレストランも皆無だが、自然を愛する訪問者は、瑞々しいジャングルと峡谷を探検し、それを満喫できる。十分な用心が必要な未開の場所とはいえ、不用心なハイカーを餌代わりにむさぼり食らう大型獣はいない。

特筆すべき人物

レイア・オーガナ
LEIA ORGANA

アナキン・スカイウォーカーとパドメ・アミダラの娘。この出生は秘密にされ、オルデランでベイル・オーガナとその妻ブレハに育てられた。やがてレイアは帝国元老院の議員となり、その後反乱同盟軍の重要なリーダーのひとりとなる。レイアの自由を勝ちとる戦いは、同盟軍、新共和国、その後のレジスタンスと何十年にもわたることになった。

ジン・アーソ JYN ERSO

帝国の研究者の娘。まだ子どもの頃ソー・ゲレラの率いるパルチザンに加わった。が、その後ゲレラと袂を分かち、過酷な銀河で自分の道を切り開いてきた。アーソはヤヴィン4で帝国に戦いを仕掛けるよう反乱軍に懇願する。彼女が熱く訴えるホロがひそかに送信され、多くの新兵を鼓舞した。

ポー・ダメロン
POE DAMERON

レジスタンスの腕利きパイロット。ファースト・オーダーのスターキラー基地を破壊した奇襲を率い、タコダナ、ディカー、クレイトでも大いに活躍した。新共和国軍のパイロットとなり、銀河の自由を守る道を選ぶまえは、エンドアの戦いに参加したベテラン兵士の息子としてヤヴィン4で育った。

ドロイド

K-2SO K-2SO

アラキッド・インダストリーズ社製の、もと帝国軍の保安ドロイド。その後キャシアン・アンドーに再プログラムされた。そのため潜入スパイの仕事には適任とあって、様々な任務でキャシアン・アンドーを補佐した。辛口の皮肉屋だが、憎めないキャラのK-2SOは、スカリフでデス・スターの設計図を盗み出すさいに破壊されたものの、この作戦の成功に大いに貢献した。

R2-BHD R2-BHD

こうしたアストロメク・ドロイドは、応急修理を行う、システムを最適化するなど、様々な面でXウイングやYウイングのパイロットを補佐する。そのためパイロットとアストロメクのあいだには、長きにわたる絆ができあがることが多い。Yウイングからなるゴールド中隊隊長のジョン・ヴァンダーは、ヤヴィン4でほぼ常にR2-BHDと飛んだ。

HOLOSCANNER

ヴィクトリー・ステーション（現在は閉鎖されている）

ヤヴィンの戦い後、廃品業者は残骸や破片を守るよう命じられた帝国軍のパトロール隊から隠れながら、すぐさまデス・スターの残骸をあさりはじめた。エンドアの戦いで反乱同盟軍が勝利したあとも、短期間ではあったが、利に敏い起業家たちがヴィクトリー・ステーションと呼んでいた居住地からの戦場ツアーを企画したものだった。このステーションはとうの昔に閉鎖され、廃品回収業者にたちまち丸裸にされた。

ヴィークル

Xウイング・スターファイター X-WING STARFIGHTER

反乱同盟軍と新共和国軍の主戦力となったスターファイター。帝国軍タイ・ファイターとの熾烈な宇宙戦に生き延びられる機動力を持ち、大型戦艦とも戦える重火器を搭載しているXウイングは、宇宙の戦いでは頼りになる存在だ。Xウイングの歴史は、共和国時代のZ-95とARC-170ファイターまで遡る。

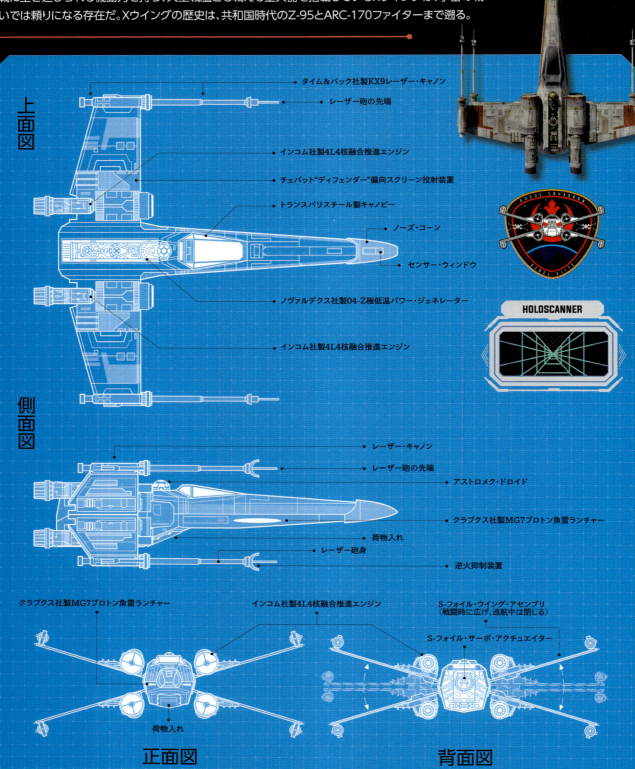

Uウイング・スターファイター U-WING STARFIGHTER

Uウイングはスターファイターとして分類されるが、同盟軍と新共和国軍では主に兵士輸送船およびガンシップとして使われ、敵の砲火をかいくぐって兵士を戦場へと運んだ。分厚い装甲および偏向シールドにより、かなりの攻撃を吸収できる。この長所はSフォイルを大きく後方に展開し、シールドの範囲を広げた防衛形態ではさらに強化される。

ブロッケード・ランナー BLOCKADE RUNNER

このあだ名で親しまれたコレリアン・コルベットは、スピードと防衛機能を合わせ持つ優れた宇宙船だ。ベイル・オーガナとその娘レイアの両方に重用されたタンティヴィーⅣは、スカリフからデス・スターの設計図を運び、ヤヴィン4を目指したが、途中タトゥイーンの軌道でダース・ベイダーの手に落ちた。

Yウイング・スターファイター Y-WING STARFIGHTER

長距離用爆撃機として共和国軍のために設計されたYウイングは、スピードはあまり出ないが、耐久性に優れたスターファイターとして反乱同盟軍でも重用された。メンテナンスを簡易化するため、彼らはイオン・エンジンとその部品を覆っていたフェアリングをはぎとった。12機のYウイングから成るヤヴィン4のゴールド中隊は、スカリフでも、デス・スターの上でも果敢に戦った。

TRAILING SECTORS

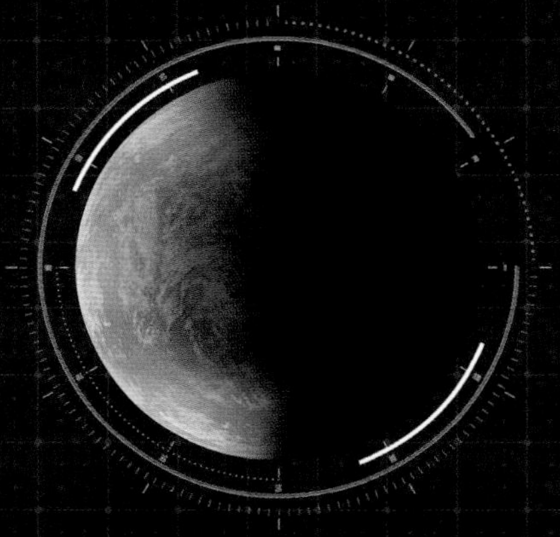

SECTION FOUR

セクション4　トレイリング宙域

ナブー NABOO

ミッド・リムに位置する美しいナブーは、先住民の
グンガンと人間の移住者が故郷と呼ぶ惑星だ。ナ
ブーの人々は洗練された外交および交渉術と、優
れた芸術と建築様式で評判が高い。

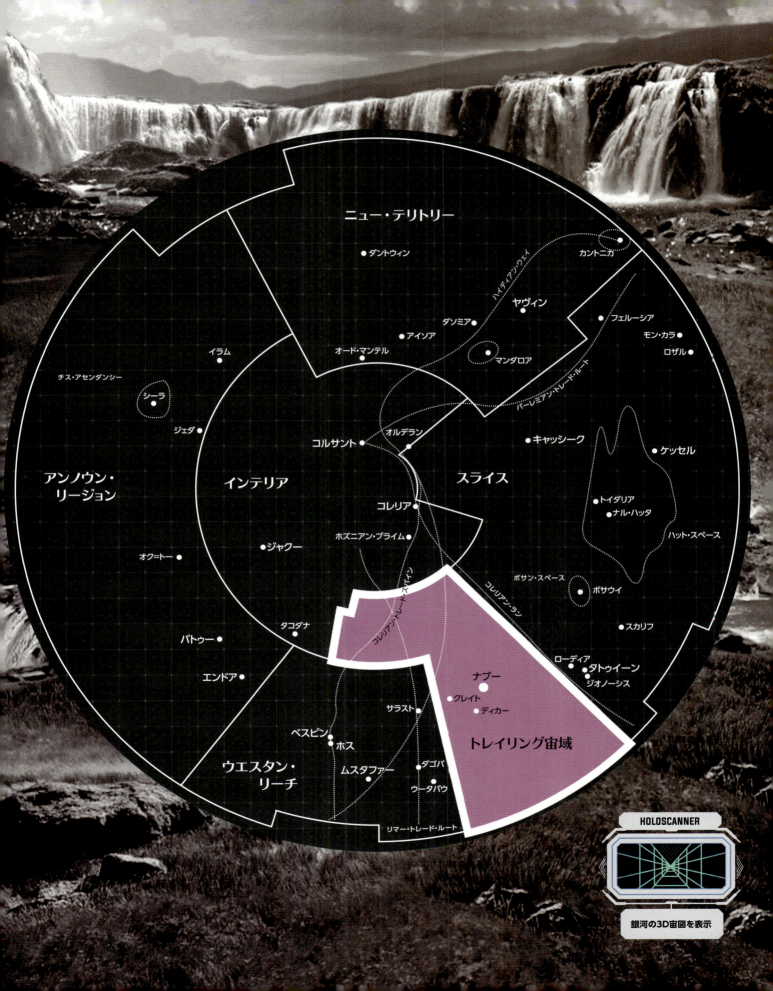

312

NABOO
ナブー

PLANETARY DATA 惑星データ

領域：ミッド・リム・テリトリー
宙域：コメル
星系：ヤヴィン
タイプ：岩石や金属から成る
気候：温帯
直径：12,120 キロメートル
地形：山脈、平野、湿原
自転周期：26標準時間
軌道周期：ナブー暦312日
知的種族：グンガン
人口：45億

SECTION FOUR

NABOO

判じ物に満ちた世界――ナブー

人間とグンガンが建設した
美しい都市で有名な洗練された、
平和な世界であるナブーは、
思いがけず
銀河をゆすぶる出来事の
中心地となった。
ここはまたクイーン・アミダラと
パルパティーン皇帝の出身地でもある。
エンドアの戦いの直後、
生前パルパティーンが用意した
作戦により、帝国軍がナブーを
危機に陥れるが、新共和国から
訪れていたレイア・オーガナと
王室のすばやい行動でナブーは救われた。
ナブーには美術品から外交官まで
あらゆるものに替え玉や囮を
使う古くからの伝統がある。
したがって、この美しい惑星では、
捉えどころのない真実を知るには、
表面だけを見てはいけないと
心得ておくべきだ。

DK-RA-43のコメント

ようやく文明が盛んな惑星を所望してくれましたか。ここならむしゃむしゃ食われる心配も、奴隷商人に誘拐される心配もまずありません！ ナブーは芸術を尊ぶ惑星ですから、美術館と庭園、建築物をまわるだけで2週間のツアーを組むことができるでしょう。現代のテクノロジーと静水力学を融合させて非常に美しい水中都市を建造したグンガンの伝統様式も、一見の価値があります。それなのに、なぜかいやな予感が……。最初から最後まで惑星のコアで必死に逃げまわるはめにならないとよいのですが。

概要

グンガン最高評議会、オータ・グンガ、シード、ナブー・アビス、湖水地方、
ヴァリキーノ、光の祭典

歴史

大間の移住者がコア・ワールドからナブーにやってきたのは、何千年もまえのことだ。彼らは美しい都市を建設したが、惑星の原住種族グンガンとは不仲で、互いにできるかぎり相手を避けていた。ナブー選出のパルパティーン議員が元老院最高議長に着いたのは、トレード・フェデレーションのナブー封鎖がきっかけだった。パルパティーンはその後みずから皇帝となった。

種族

グンガン GUNGANS

柔軟な骨、物をつかむのに適した舌、固いくちばしのおかげで、グンガンは水中でも陸上でも申しぶんなく適応できる。家庭的な彼らは美しい水中都市で暮らすことに満足し、ナブーのほかの都市に住む気も、ほかの惑星を訪れる気もない。グンガン軍がトレード・フェデレーションのドロイド軍と戦ってナブーを守ったことから、グンガンと人間たちとのあいだにあった軋轢は修復された。

クリーチャー

ファンバ FAMBAA

巨大で力の強い両生類。湿った皮膚とえらを持って生まれるが、成長するとえらは消え、皮膚は乾いて分厚くなる。グンガンは聖なる地の奥深くにある誰の目にも触れない湿地牧場でファンバの群れを繁殖させ、荷役動物および大砲を引く動物として使う。

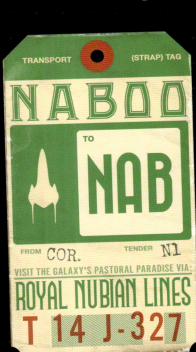

シャク SHAAK

この丸っこい草食動物は、ナブーの人々とグンガンに食糧、皮革、香料として重用されている。香料成分により浮力が高いため、ナブーの滝から群れごとうっかり落ちたときも、混乱し、うろたえたものの、一頭もけがをせずにすんだ。

湖水地方

鎖のように連なった湖とそびえ立つ崖から流れ落ちる滝の景観が美しい、農場や牧場の多い緑豊かな地域。王族や旧家、芸術家などは、比較的賑やかなシードやモエニアを逃れ、湖のほとりに建つヴァリキーノのような別荘で静かなひと時を楽しむ。ヴァリキーノは、有名な旧家ネイベリー家の別荘だ。ミュージシャンやアーティストや巡業劇団が舞台で野外劇や様々なパフォーマンスを行う、グラッド・アライヴァル祭のある春は、観光にはまたとないシーズンだ。

クリーチャー

サンド・アクア・モンスター　SANDO AQUA MONSTER

ナブーの森や平野はだいたいにおいて平和だが、蜂の巣状の惑星のコアは危険な場所だ。ナブー・アビスと呼ばれる迷路には、どう猛な捕食動物がうろついている。なかでもとくに恐ろしいのが、全長が200メートルに達する巨大な哺乳類サンド・アクア・モンスターだ。これにかかると、恐ろしい捕食動物であるコロ・クロー・フィッシュやオピー・シー・キラーすら餌にされてしまう。

オピー・シー・キラー
OPEE SEA KILLER

甲殻類であると同時に魚類でもある奇妙なクリーチャー、オピー・シー・キラーも、ナブー・アビスに生息する捕食動物である。アンテナの先端を光らせて獲物を引きつけ、体長の三倍も伸びる粘着性のある舌で魚群をすくいとり、ひと呑みする。

特筆すべき人物

パドメ・アミダラ
PADMÉ AMIDALA

アミダラ女王は、ナブーを侵略したトレード・フェデレーションと率先して戦った。女王の任期が終わったあとは、次の女王に請われ、パルパティーンの跡を引き継いでナブー選出の銀河元老院議員として活躍、やがてパルパティーンとは政治的に対立するようになる。帝国の誕生後まもなく、彼女は謎めいた状況で命を落とし、ナブーに埋葬された。

ダーク・ギャラリー

シーヴ・パルパティーン
SHEEV PALPATINE

ダース・モール
DARTH MAUL

ミッド・リムにあるナブー出身の、とくに目立たない元老院議員だったシーヴ・パルパティーンは、ナブーの危機をうまく利用して、共和国の最高権力者となった。その後に勃発したクローン大戦では不安に慄く銀河を導いたあと、彼を殺そうとするジェダイの襲撃を生き延びて、銀河初の帝国を設立、みずから皇帝の座についた。

ダース・シディアスの弟子であるダース・モールは、ナブーでクワイ＝ガン・ジンを倒したあと、オビ＝ワン・ケノービに殺された。少なくともジェダイは彼が死んだと信じていたが、実際にはすさまじい怒りと意志、強いフォースにより生き延びていた。クローン大戦時にはマンダロアを支配し、その後クリムゾン・ドーンと呼ばれる謎に包まれた犯罪シンジケートのリーダーとなった。

ヴィークル

N-1スターファイター　N-1 STARFIGHTER

ナブーの人々は、機械は機能的かつ美しくあるべきだと信じている。威力も性能も抜群であるばかりか、優美な特注使用の機体に先端の科学技術を詰めこんだ流線形のN-1スターファイターは、この信念の具体的な表れだと言えよう。N-1のクロム仕上げはこれが王室のファイターであることを示している。ナブーでは色や素材は常にそれが持つ目的と歴史を伝えているのだ。

ナブー・ロイヤル・スターシップ
NABOO ROYAL STARSHIP

ナブーの造船職人が手作りしたきらめく船体のロイヤル・スターシップは、王や女王がナブー周辺の惑星を公式訪問するとき、コルサントへ赴くときに使われる。アミダラ女王はこの宇宙船でトレード・フェデレーションの封鎖をすり抜け、ハイパードライブの故障でやむなくタトゥイーンに立ち寄ったあと、無事コルサントに到着した。

ナブー・ロイヤル・クルーザー
NABOO ROYAL CRUISER

女王の任期を終えてナブー選出の元老院議員となったあとも、パドメは本来なら王室専用のクロム仕上げの宇宙船に乗る許可を与えられた。強力な偏向シールドと、予備のハイパードライブ、4機のN-1スターファイターを充電できるソケットを装備したこのクルーザーは、ロイヤル・スターシップよりも防御の点で優れていた。

ボンゴ　BONGO

グンガンが設計した多くの乗り物などと同じで、有機体のシェルを機械部品と組み合わせたボンゴは、テクノロジーというよりも自然に成長させて造られたヴィークルだ。この潜水艇が乗客や貨物を運ぶ光景は、グンガンの水中都市周辺ではおなじみである。ボンゴはスポンジのような静水力学チャンバーによって浮力を維持し、回転フィンで推進力を得ている。

武器

ELG-3Aブラスター　ELG-3A BLASTER

侍女たちとともに、トレード・フェデレーションのバトル・ドロイド部隊からシードの宮殿を奪回するさい、パドメ・アミダラは優美だが威力抜群なこのELG-3Aを使った。女王の玉座の秘密の仕切りには、非常事態に備えて2挺のELG-3Aが隠してあったのだ。

ドロイド

デストロイヤー・ドロイド
DESTROYER DROID

B1は使い捨てのショック・トルーパーだが、コリコイド社が設計したデストロイヤー・ドロイドははるかに恐ろしい敵であることがナブーの戦いとクローン大戦で証明された。この"ドロイデカ"は車輪の形状で戦いに飛びこみ、胴体と手足、ブラスター・キャノンを広げて、全身を包みこむシールドを起動する。ジェダイ・マスターですらすさまじい破壊力に一目置かざるをえなかった。

HOLOSCANNER

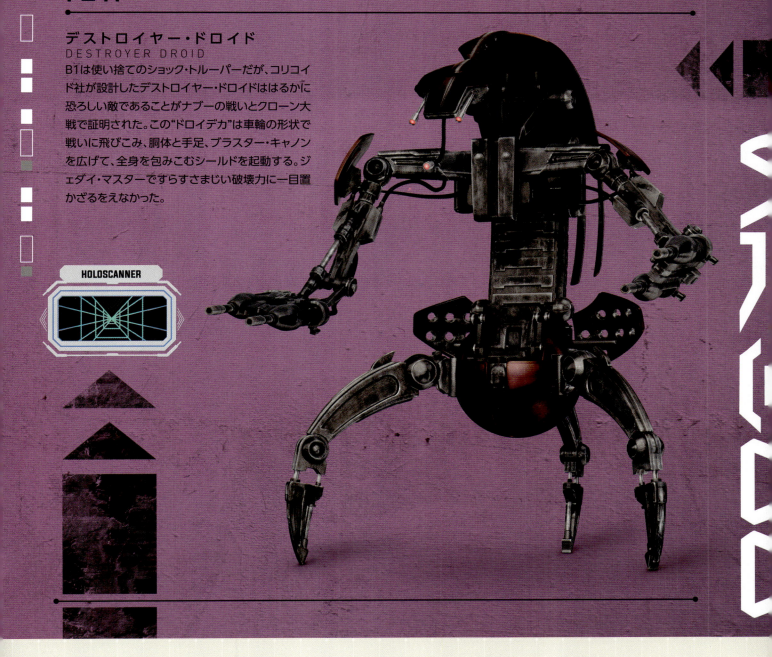

ダース・モールのライトセーバー　DARTH MAUL'S LIGHTSABER

シスの戦士であるダース・モールは珍しい両刃のライトセーバーで戦った。優美とは言えないが威力のあるこの武器を巧みに使うには、フォースだけでなく身体能力も限界まで引きだす必要があった。

SITH

SECTION FIVE　WESTERN REACHES
セクション5　ウエスタン・リーチ

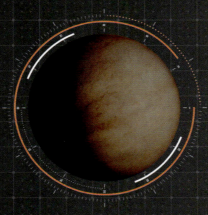

ベスピン BESPIN
アウター・リムのガス巨星。空中都市クラウド・シティの豪華大リゾートの下部には、たっぷり利益の上がるティバナ・ガスを採取・精製するコロニーが隠されていた。クラウド・シティはホスの戦いのあと、ルーク・スカイウォーカーとダース・ベイダーが運命を決する戦いを繰り広げた場所でもある。

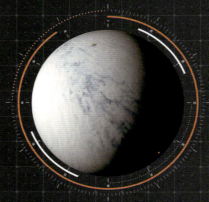

ホス HOTH
辺境にある氷の惑星。ヤヴィンの戦い後ここに主要基地を建造した反乱同盟軍は、極寒の気候に機材を適応させるのに苦労した。やがて帝国軍のプローブ・ドロイドに発見され、ダース・ベイダーが率いる帝国軍の襲撃により基地は壊滅的なダメージをこうむった。

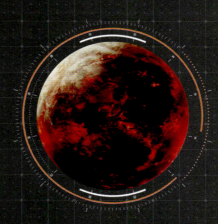

ムスタファー MUSTAFAR
採鉱施設が点在する火山惑星。ムスタファーはダース・ベイダーの"避難所"として悪名を轟かせた。帝国軍に捕まったジェダイの逃亡者たちは、ダーク・サイドのフォースを使う皇帝の審問官たちに尋問されたあと、ここに運ばれて殺された。

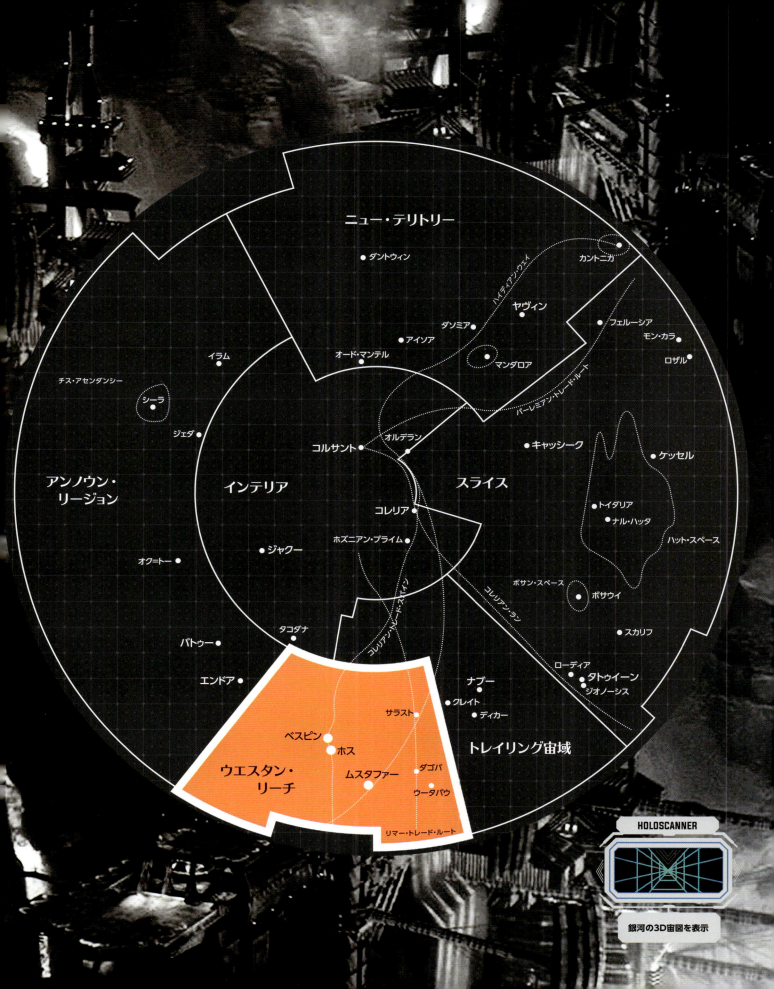

5,110

BESPIN
ベスピン

PLANETARY DATA 惑星データ

領域：アウター・リム・テリトリー
宙域：アノート
タイプ：ガス巨星
気候：(ライフ・ゾーンでは)温帯
直径：118,000 キロメートル
地形：該当なし
自転周期：12標準時間
軌道周期：ベスピン暦5,110日
知的種族：なし
人口：600万

SECTION FIVE

BESPIN

雲のなかの都市──ベスピン

何十年ものあいだ、空中都市クラウド・シティは、
興味深い秘密を隠していた。
この施設は豪華なリゾートとして知られ、
大金を賭けるギャンブラーや、
裕福な観光客を、ガス巨星ベスピンに
ひきつけてきたが、実際の富を
もたらしているのはベスピンで採取できる
ディバナ・ガスだった。
クラウド・シティの下層では
ぼろ儲けができるこの商売が
採鉱ギルドと帝国の目を引かぬよう
ひっそりと営まれていたのだ。
ランド・カルリジアンの有能な
管理のもと、この取り決めは
まさに双方にとって完璧だった。
しかし、ダース・ベイダーが反乱軍の
逃亡者を追ってベスピンにやってくると、
そのすべてがご破算になった。
ベイダーが残した駐屯部隊により、
クラウド・シティは狂信的な帝国統治者の
圧政に苦しむことになったが、
やがて彼らの支配から解き放たれ、
新たな繁栄の時代が訪れる。

DK-RA-43のコメント

ベスピンの夕焼けは、それは美しゅうございますよ、はい。洗練された旅行者であるみなさんにとって、クラウド・シティは魅力的な高級リゾートです。しかしまあ、採鉱ビジネスになぜあれほど大騒ぎするのでしょう。わたくしには退屈で汚い仕事にしか思えません。それにクラウド・シティは美しい街ではありますが、建造されてからまだほんの数世紀、しかもその大半を金儲けに費やしてきたのですよ。卑しいことに！とはいえ、会話が盛り上がらなくても、街からの眺めは絶景です。

概要

クラウド・シティ、アグノート・サーフィス、アグノーグラッド、ポート・タウン、ティバナポリス

歴史

もとハイパースペース開拓者のコレリア人が建造したクラウド・シティは、高級リゾートであると同時に、儲かるビジネス、ティバナ・ガスの採鉱コロニーでもある。うまみのある契約を結ぶか、一攫千金を狙うか、その両方が楽しめる場所だ。

クラウド・シティ

この街は、十分な空気があって気候も温暖な高層大気中の細い帯、"ライフ・ゾーン"に浮かんでいる。上層レベルにはカジノやホテル、高級レストランがあちこちにあるが、下層レベルではもっぱらガスの層から採取したティバナ・ガスの精製が行われている。機械がところ狭しと並び、労働者アグノートの居住区域がひしめくこの階層は、少しも魅力的とは言えない。精製過程の見学や、いかがわしいポート・タウン地区のツアーを所望するのは、ほんのひと握りの冒険心旺盛な観光客だけだ。

種族

アグノート UGNAUGHTS

アグノートはジェンティス出身のブタに似た種族だ。彼らはクラウド・シティで精製作業の大半を受け持ち、黙々と過酷な汚れ仕事を行う働きものだという評判を得ている。族長が街の創設者であるエクレシス・フィグと、衣食住およびティバナの精製からあがる利益の一部と引き換えに精製作業を引き受ける契約を結んだため、ベスピンのアグノートはクラウド・シティが建設された当初からここの住人だ。ほかのアグノートは、自分たちの浮遊都市、アグノート・サーフィスにいる。

ダーク・ギャラリー
ボバ・フェット
BOBA FETT

伝説のバウンティ・ハンター（賞金稼ぎ）であるボバ・フェットがこの仕事を始めたのは、クローン大戦のさなかだった。彼はまだ子どものうちから、父や同じく伝説の賞金稼ぎオーラ・シング、キャド・ベイン、ホンドー・オナカーなどからこの商売を学んだ。若いころは仲間を率いて仕事をしたこともあるが、やがて一匹オオカミとなった。そんな彼にとって仕事を引き受けるさいの基準となるのは、獲物の首に懸かったクレジットの額と、獲物をどういう状態で雇い主に届けるかだけである。

武器

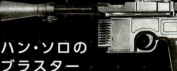

ハン・ソロのブラスター

ハン・ソロが愛用する武器は、何度も改造を重ねたブラステック社製DL-44重ブラスター・ピストルだ。ひょんなことから知り合ったベテラン密輸業者のトビアス・ベケットにもらってから、30年以上も持ち歩いているこのDL-44で、彼は自分自身や仲間たちの危機を数えきれないほど救ってきた。

ヴィークル

スレーヴI *SLAVE I*

様々な改造が施されたファイアスプレイ31級パトロール・クラフト（哨戒攻撃艇）。何年もジャンゴ・フェットが所有していたが、その後オーラ・シング、ホンドー・オナカーの手を経て、ジャンゴの息子であるボバ・フェットのものとなった。ジャンゴはスレーヴIにブラスター・キャノン、震盪ミサイル、サイズミック・チャージを装備し、その後ボバがさらに改造を加えた。強力なセンサー・ジャマーがほとんどのスキャナーを攪乱するため、ボバ・フェットは獲物に気づかれずに近づくことができる。

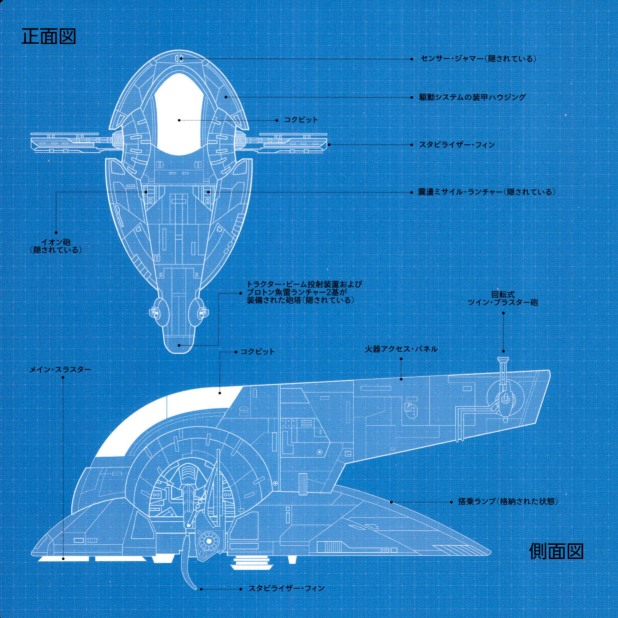

正面図

- センサー・ジャマー（隠されている）
- 駆動システムの装甲ハウジング
- コクピット
- スタビライザー・フィン
- 震盪ミサイル・ランチャー（隠されている）
- イオン砲（隠されている）
- トラクター・ビーム投射装置およびプロトン魚雷ランチャー2基が装備された砲塔（隠されている）
- 回転式ツイン・ブラスター砲
- コクピット
- 火器アクセス・パネル
- メイン・スラスター
- 搭乗ランプ（格納された状態）
- スタビライザー・フィン

側面図

ヴィークル

ツイン＝ポッド・クラウド・カー
THE TWIN-POD CLOUD CAR

保安を受け持つウイング・ガードが使う大気圏用小型パトロール・ヴィークル。リパルサーリフトの両側にあるポッドに、パイロットと砲手が乗る。搭載火器が軽ブラスター・キャノンのみであるため、侵入者を見つけ、重武装だと見てとると、ウイング・ガードはただちに応援を呼ぶ。

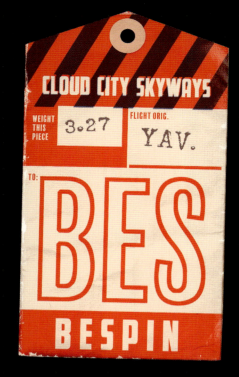

特筆すべき人物

ランド・カルリジアン
LANDO CALRISSIAN

ギャンブラーにして密輸業者、みずからをならず者と呼ぶランド・カルリジアンは、惑星ソッコーロで生まれ、気ままな青春時代を楽しんだ。サバックの勝負で負け、愛する宇宙船ミレニアム・ファルコンをハン・ソロに取られたものの、クラウド・シティの執政官という地位につき、ほぼ堅気となる。反乱同盟軍に身を投じエンドアの戦いで活躍したあと、ベスピンに戻り、ロボトらとともにこの惑星を帝国の支配から解放した。

ロボト LOBOT

ランドの補佐であり友人でもあるロボトは、AJ＾6サイボーグ・コンストラクト装置を通してクラウド・シティの中央コンピューターと連携している。ランドが帝国に敵対すると、ロボトはウイング・ガードをストームトルーパーに差し向けた。のちに帝国のアデルハード総督がアノート宙域に強いた"鉄の封鎖"を破る戦いでも、重要な役割を果たした。

104

BESPIN

549

HOTH
ホス

PLANETARY DATA 惑星データ

領域：アウター・リム・テリトリー
宙域：アノート
タイプ：岩石や金属から成る
気候：氷雪
直径：7,200 キロメートル
地形：氷原、山脈
自転周期：23標準時間
軌道周期：ホス暦549日
知的種族：なし
人口：永住者なし

SECTION FIVE

ホス

凍りつき、忘れられた惑星——ホス

アウター・リムのハイパースペース・レーンから
枝分かれした航路のひとつに
ひっそりとたたずむこの氷の惑星には、
ヤヴィンの戦いのあと、
反乱同盟軍の新たな基地が建造されたが、
まもなく帝国が放った
プローブ・ドロイドに発見されてしまう。
ホスの戦いは帝国軍の圧倒的勝利に
終わったが、反乱同盟軍上層部は、
ダース・ベイダーの包囲網をすり抜け、
脱出に成功した。
同盟軍がここに基地を建造する以前も、
彼らがここを離れた以降も、
極寒という過酷な気候から、
ホスに定住する者は現れなかった。
同盟軍が立ち去ったあと、まもなく
ホスは再び完全に忘れ去られ、
銀河史における重要な出来事の
付け足しとして、ごくまれに話題にのぼるだけになった。

概要

エコー基地跡、戦場となったネヴ・アイス・フロー雪原地帯、クラバーン・レンジ(山脈)

歴史

反乱同盟軍は、ヤヴィンの戦いのあと新たな主要基地としてホスを選んだものの、雪と氷に覆われた過酷な気候に適応するのにたいへん苦労した。まもなく基地を発見した帝国軍の攻撃で、同盟軍は壊滅の危険にさらされたが、同盟軍上層部はAT-ATによる地上攻撃をからくも逃れた。

DK-RA-43のコメント

断固反対いたします！ ホスは氷の塊で、生命体(そしてドロイドが適切に機能する)には非常に過酷な環境です。マゾっ気がある旅行者ですら二の足を踏むでしょう。激しい戦いのあった場所も、残骸はとっくの昔に回収業者が洗いざらい持ち去って、でこぼこの雪原が広がっているだけ。残っているのは、(正気の生命体なら決して見つけたいと思わない)雪に埋もれた不発弾ぐらいなものです。戦争博物館を訪れたいなら、ユクアイン・メモリアル・オービタル・サイトかミットブレイド記念ホールへどうぞ。どちらも多くの資料を展示しているだけでなく、凍死する恐れはまったくありません！

クリーチャー

トーントーン　TAUNTAUN
強烈な悪臭を放つこの気難しいトカゲ型哺乳類は、群れで暮らし、かたまった雪の下の苔や藻を掘って食べる。暗くなると氷河の洞窟や自分で掘った雪の穴で休む。嗅覚が特別鋭く、獲物を探してうろつくワンパのにおいをいち早く嗅ぎつける。地熱で暖められた地下の洞穴を見つけるのも得意だ。こうした地下にある草地は、出産や子育てにはもってこいの避難所となる。

ワンパ　WAMPA
ホス最強の捕食獣。トーントーンやアイス・スクラブラー、その他の動物にしのび寄り、襲いかかる。前足の鋭いかぎ爪で獲物を殺すか、あとで食べるために昏倒させる。ワンパが食料置き場に使う氷の洞窟は、つららや鍾乳石に串刺しにされた獲物や、天井に突き刺さった死骸が並んでいる。

HOLOSCANNER

ダーク・ギャラリー
マクシミリアン・ヴィアーズ　MAXIMILIAN VEERS

惑星デノン出身の帝国地上軍の将軍。ザロリスやカルルーンで戦ったのち、ダース・ベイダーのデス小艦隊に配属された。反乱軍の主要基地をほぼ壊滅させるという快挙を遂げたホス、エコー基地の攻撃では、AT-AT部隊を率いて戦いの指揮を執った。

特筆すべき人物

ライカン将軍　GENERAL RIEEKAN
オルデラン出身のカーリスト・ライカンは故郷の惑星がデス・スターに破壊されたとき、別の場所にいて難を逃れた。だがこの出来事に深い衝撃を受けた彼は、守るべき人々を二度と無防備な状態にはしない、と心に誓う。ライカンはエコー基地で同盟軍を指揮し、新共和国が創設されたあとも将軍として戦い続けた。

全地形対応装甲トランスポート（AT-AT）
ALL-TERRAIN ARMORED TRANSPORT

帝国軍が誇る地上兵器で、実際の地上攻撃だけでなく、敵を威嚇するためにも使われた。頭上にそびえたち、地を揺るがせて進む巨大なAT-ATを目にしただけで震えあがり、降伏する敵も多かったのだ。ホスのエコー基地の攻撃では、AT-ATが先陣をきり、二足歩行兵器のAT-STが側面を援護し、寒冷地用のスピーダー・バイクにまたがったスノートルーパーがその足元を固めた。

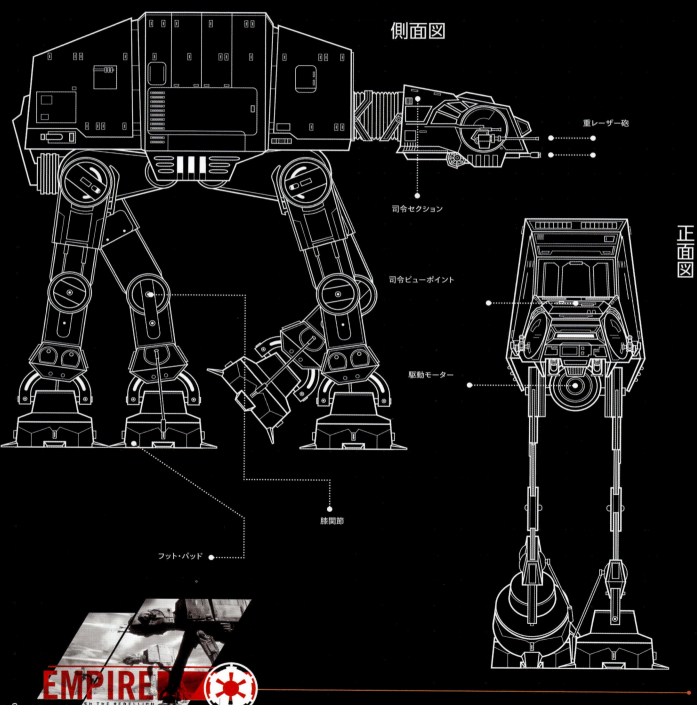

側面図

正面図

- 重レーザー砲
- 司令セクション
- 司令ビューポイント
- 駆動モーター
- 膝関節
- フット・パッド

ドロイド

インペリアル・プローブ・ドロイド
IMPERIAL PROBE DROID

パトロールと偵察両方の任務を遂行できるように開発された、アラキッド・インダストリーズ社のドロイド。11-3Kモデルは偵察および帝国軍施設の警備に適している。一方、ヴァイパー・ドロイド(右の写真)はハイパースペース・ポッドから放たれ、居住者がいるしるしを探す。

2-1B外科医ドロイド
2-1B SURGICAL DROID

2-1Bは銀河で頻繁に目にするドロイドのひとつ。何世代ものあいだ銀河で活躍している2-1Bは、様々な種族の病気やけがの診断および治療にあたるようプログラムされている。惑星ホスで基地周辺をパトロール中ワンパに襲われたルーク・スカイウォーカーも、2-1Bの治療を受けた。

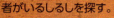

武器

A280ブラスター・ライフル
A280 BLASTER RIFLE

ブラステック社製造の頼りになるライフル。反乱同盟軍はホスとエンドアでA280を使用した。

V-150プラネット・ディフェンダー(惑星防衛砲塔)
V-150 PLANET DEFENDER

球状のシールド板に覆われた強力なイオン砲。ホスのエコー基地に配備されたV-150は、反乱同盟軍が脱出するまで帝国軍の猛攻撃を食いとめる一助となった。

ヴィークル

GR-75中型輸送船
GR-75 MEDIUM TRANSPORT

快速でも重武装でもないGR-75は同盟軍の主力輸送船として、兵士や物品を載せて基地を往復した。エコー基地の脱出で重要な役目を果たしたばかりか、スカリフとエンドアの戦いでも使われた。

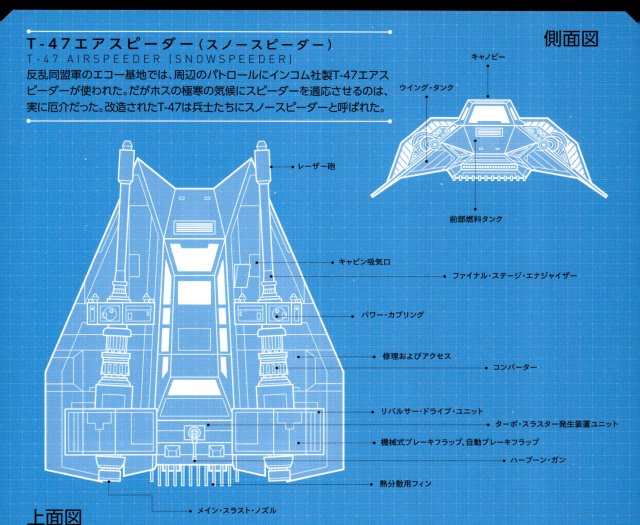

T-47エアスピーダー（スノースピーダー）
T-47 AIRSPEEDER (SNOWSPEEDER)

反乱同盟軍のエコー基地では、周辺のパトロールにインコム社製T-47エアスピーダーが使われた。だがホスの極寒の気候にスピーダーを適応させるのは、実に厄介だった。改造されたT-47は兵士たちにスノースピーダーと呼ばれた。

側面図
- キャノピー
- ウイング・タンク
- 前部燃料タンク

上面図
- レーザー砲
- キャビン吸気口
- ファイナル・ステージ・エナジャイザー
- パワー・カプリング
- 修理およびアクセス
- コンバーター
- リパルサー・ドライブ・ユニット
- ターボ・スラスター発生装置ユニット
- 機械式ブレーキフラップ、自動ブレーキフラップ
- ハープーン・ガン
- 熱分散用フィン
- メイン・スラスト・ノズル

MUSTAFAR
ムスタファー

PLANETARY DATA 惑星データ

領域：アウター・リム・テリトリー
宙域：アトラヴィス
タイプ：岩石や金属から成る
気候：灼熱
直径：4,200 キロメートル
地形：山脈、火山
自転周期：36標準時間
軌道周期：ムスタファー暦412日
知的種族：ムスタファーリアン
人口：2万

SECTION FIVE

MUSTAFAR

シスの試練の地――ムスタファー

燃える溶岩の海に覆われた、
まるで地獄のような惑星ムスタファーの地殻は
ガス巨星ジェスティファドの重力により、
たえず形を変えている。
また、ジェスティファドの強力な磁場は、
ムスタファーを激しい雷嵐で打ちすえる。
採鉱企業は黒曜石からなる惑星の
溶岩川の岸に、熱を遮蔽した
精製所を建てるなど手を尽くし、
この惑星の過酷な環境に
何世紀ものあいだ立ち向かってきた。
この過酷な環境のムスタファーにも
耐久力に優れた数タイプの
原住種族がいることは、
まさに生命力の強さの表れだと言えよう。
ムスタファーリアンと呼ばれる
二足の昆虫型種族は
荒々しい自然の力と折り合いながら、
部族ごとに分かれて暮らしている

DK-RA-43のコメント

論理的に物事を考えない有機生物とは異なり、わたくしはプログラミングのせいか、自分の体が溶ける恐れのある場所には近づかないようにしております。みなさんは進化の場である"屋外"にいるだけで"日焼け"と呼ぶ現象に悩まされるのをお忘れでは？ 正直に申しあげて、ムスタファーを訪れるくらいなら、いっそ溶鉱炉に全員揃って飛びこんではいかがでしょう。そのほうが時間の節約になるばかりか、少なくとも、わたくしは自分の合金製の体がリサイクルされると知って安らかに死ねます。

概要

フラリデジャ、ジトンタウン、ベイダーの砦、タルラス島、ガヘン平原、メンシックス採鉱施設

歴史

かつてテクノ・ユニオンが所有していた惑星ムスタファーは、クローン大戦の終わりに分離主義勢力のリーダーたちがそこで殺されるまで、彼らの隠れ家として使われていた。帝国はこの星系への立ち入りを制限していた。

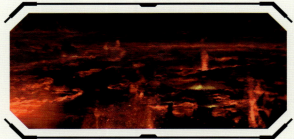

ベイダーの砦

分離主義勢力が戦いに負けたあと、帝国はテクノ・ユニオンの精錬所を採鉱ギルドに報酬として与えた。しかし帝国が課した厳しい立入制限が足かせとなり、ムスタファーから利益を生みだすのは至難の業だった。噂では、帝国に捕らえられたジェダイは尋問のためにムスタファーに送られ、それっきり戻ってこなかったという。ダース・ベイダーが個人的な休息の場として使っていたガヘン平原にそびえる黒曜石の塔、ベイダーの砦には、民間の宇宙船が近づくことは許されなかった。

ドロイド

尋問ドロイド（陰では拷問ドロイドと呼ばれた）
INTERROGATION DROID

帝国軍事研究局がひそかに開発した尋問ドロイドは、囚人の精神的および肉体的弱点を徹底的に利用するために使われた。宙に浮く恐ろしい黒い球形ドロイドは、痛覚を敏感にし、精神的な抵抗力を弱める薬を注射し、幻覚剤と自白剤で犠牲者から真実を絞りだす。激しい苦痛をもたらす拷問に抵抗できた者は、これまでほんの数えるほどしかいない。

HOLOSCANNER

尋問ドロイドを操作しよう

クリーチャー／種族

ラヴァ・フリー（溶岩ノミ）
LAVA FLEAS

地殻をかじり、穴をあける6本脚の虫。ムスタファーリアンが住む複雑に繋がる洞窟を造った。ムスタファーリアンはラヴァ・フリーに騎乗し、その外骨殻を使って耐熱アーマーを作る。ラヴァ・フリーは機敏で、噴きあげる溶岩から飛び散るしぶきを避け、30メートル跳躍することもある。

ムスタファーリアン
MUSTAFARIANS

ムスタファーに住むこの種族には、別個に進化を遂げた2つの亜種がある。ひょろりとした北部ムスタファーリアンと、頑健で力の強い南部ムスタファーリアンだ。どちらも昆虫の祖先から進化し、固い殻が革のような皮膚を守っている。彼らはよそ者を嫌うが、何世紀もまえにしぶしぶテクノ・ユニオンと取引を交わした。多くのムスタファーリアンが最初はテクノ・ユニオン、のちに採鉱ギルドのために、原鉱を探し、採鉱し、精錬作業を行った。

ダーク・ギャラリー

アナキン・スカイウォーカー／ダース・ベイダー
ANAKIN SKYWALKER/DARTH VADER

黒いアーマーとヘルメットに全身を包んだ、見るからに恐しげなダース・ベイダーは、皇帝パルパティーンの使者および命令執行者として帝国に仕えた。彼がかつてのジェダイ・オーダーの英雄、ルーク・スカイウォーカーとレイア・オーガナの父親、アナキン・スカイウォーカーであることを知る者はほとんどいない。ベイダーはエンドアで死ぬ間際に光の側に戻り、フォースにバランスをもたらした。

ダース・ベイダーのライトセーバー

ジェダイはカイバー・クリスタルと自分を調和させてライトセーバーを造る。しかしシスはクリスタルを損なうテクニックを使うため、クリスタルが"血を流し"、光刃が赤くなる。ダース・ベイダーのライトセーバーはシスのトレードマークである深紅のエネルギーを発する。

ムスタファーの採鉱施設

クローン大戦の終わり、分離主義勢力のリーダーたちはテクノ・ユニオンが所有する鉱石収集施設に身を隠した。しかし、ダース・ベイダーとなったアナキン・スカイウォーカーが彼らを皆殺しにし、銀河全体を巻きこんだ戦いに終止符を打つ。この複合施設は破壊されたが、その詳細は謎に包まれている。帝国はこれらの出来事に関するすべての情報を機密としていたため、現在のところ確かな事実は分かっていない。

ヴィークル

デルタ級T-3Cシャトル
DELTA-CLASS T-3C SHUTTLE

蝙蝠のような翼を持つこのシャトルは、より多用途のラムダ級シャトルほど重用されなかったが、オーソン・クレニックのような帝国軍長官は飾りも無駄もない設計を評価していた。格納庫や着陸パッドでは場所を取らないように翼を畳み、大気圏内を飛行中は安定性を増すために翼を広げる。

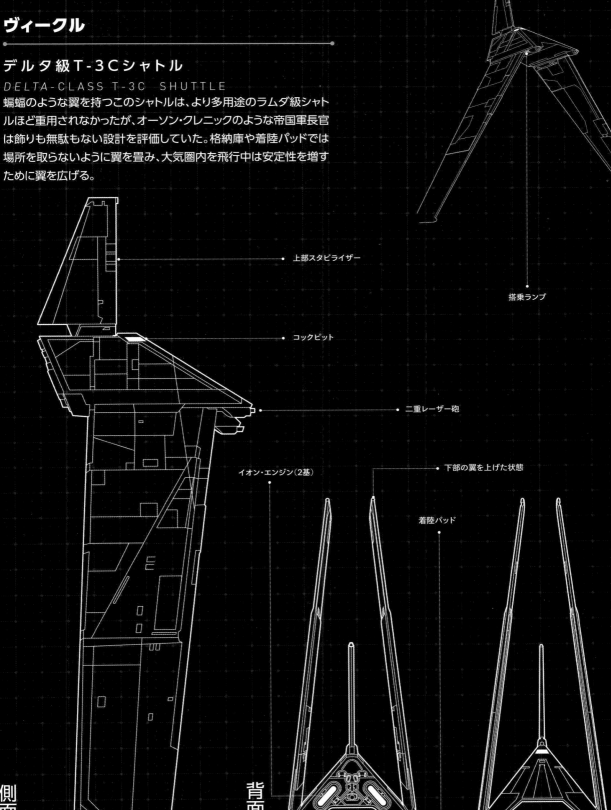

- 上部スタビライザー
- 搭乗ランプ
- コックピット
- 二重レーザー砲
- イオン・エンジン（2基）
- 下部の翼を上げた状態
- 着陸パッド

側面図　背面図　正面図

SECTION SIX UNKNOWN REGIONS

セクション6 アンノウン・リージョン

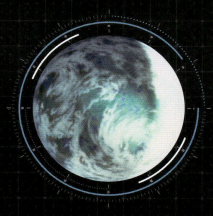

エンドア ENDOR

皇帝は第二デス・スターの建造場所として森の月エンドアを選び、一網打尽にしようと反乱軍をそこに誘いだした。しかし緑豊かなこの月の住人イウォークの協力により、デス・スターは宇宙の塵と化した。パルパティーンも策に溺れて命を落とし、帝国の支配は終わりを告げたのである。

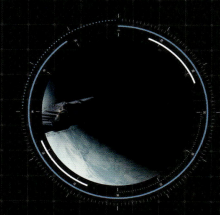

スターキラー基地 STARKILLER BASE

ファースト・オーダーは、アンノウン・リージョンにある惑星の核をくり抜き、はるか彼方にある惑星を星系ごと破壊できる恐るべき超兵器に作り変えた。レジスタンスのスターファイター中隊はこの強大な戦争マシーンに立ち向かい、見事破壊した。

バトゥー BATUU

既知宇宙の端にある惑星。何世紀ものあいだ、大胆不敵な探検者、貿易商、姿を消したがっている者たちにしか知られていなかったが、最近はファースト・オーダーとレジスタンスの争いが、銀河の果てにあるこの惑星にもおよんでいる。

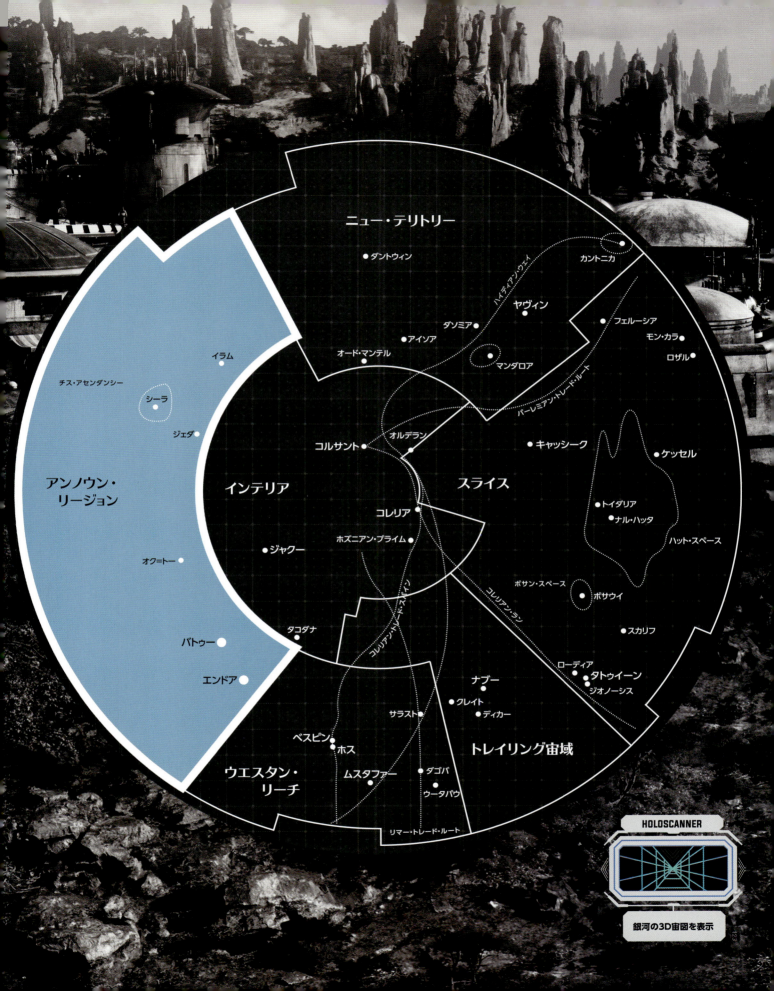

402

ENDOR
エンドア

PLANETARY DATA 惑星データ

領域：アウター・リム・テリトリー
宙域：モッデル
タイプ：岩石と金属から成る
気候：温帯
直径：4,900 キロメートル
地形：森、サバンナ、山脈
自転周期：18標準時間
軌道周期：エンドア暦402日
知的種族：イウォーク、デュロック、ヤズム
人口：3,000万

ENDOR

自然と調和している——エンドア

原始林が地表を覆う、
森の月と呼ばれる緑の衛星エンドアは
銀河の賑やかな領域から遠く離れた
イウォークの母星である。
樹上の小屋に住む、長い毛に覆われた
イウォークは、身の丈こそ一メートル
しかないが、非常に勇敢な戦士だ。
帝国は第二デス・スターを
建設する場所として、エンドア
の軌道を選び、反乱軍をそこに
おびき寄せた。エンドアの戦いは、
結果的に長く続いた銀河内戦に終止符を
打つことになった。イウォークたちは、
デス・スターを守るシールド発生装置を
破壊するため地表に降りてきた
反乱軍奇襲部隊を手助けした。
この協力により、銀河の運命は
大きく変わったものの、エンドアは
相変わらず銀河の中心からはるかに遠く、
ここをわが家と呼ぶイウォークにとっては
ありがたいことに、辺境のこの惑星を
訪れる者はめったにいない。

DK-RA-43のコメント

　おやまあ、またしても残骸を観るために銀河の端まで旅をするのですか。宇宙港もなく、地元の種族が木の上の小屋に住んでいるような場所に？　森には危険な野生動物がうようよいます。もちろん、かなり旧式なタイ・ファイターの、よじれた黒焦げのソーラー・パネルを心ゆくまで眺められるのですから、はるばる出向く価値はあるのでしょうが。いいえ、黙りません！　そうしたければ、わたくしを記憶消去に送ってくださっても結構。とにかくエンドアへ向かうなどばかげています。わたくしに被害妄想癖があれば、この奇妙奇天烈な銀河ツアーは、実は違法なビジネスの隠れ蓑ではないかと邪推したくなるくらいです。

概要

エンドア・バンカー、シールド発生装置、ブライト・ツリー村

歴史

銀河の辺境に近いガス巨星を周る森の月エンドアは、帝国が第二デス・スターを建造した場所であるばかりか、反乱同盟軍がデス・スターを破壊し、銀河内乱で最も重要な勝利を手にした場所でもある。

種族

イウォーク EWOKS

身長が1メートルしかない毛むくじゃらの二足種族。縫いぐるみのような外見だが、弓矢や槍、巧みな罠で、勇猛果敢に部族の縄張りを守る。大半が太い木の幹や梢に造った小屋に住み、自然と調和して暮らしている。科学技術に無縁とはいえ、イウォークは狡猾な戦士で、彼らを侮っていた帝国軍は臍を噛むことになる。エンドアで同盟軍が勝利を手にしたあと、特別好奇心が強いひと握りのイウォークは、広い銀河を見るために故郷を離れた。

ヤズム YUZZUM

森の月に住む知的種族はイウォークだけではない。平地では毛に覆われた丸っこい体に蔓のように長細い手足を持つヤズムが、平和に暮らしている。冒険心のある少数のヤズムは、ひと旗上げようと広い銀河に出ていった。パワフルでしゃがれた声のボーカリストとしてマックス・レボ・バンドで有名になったジョー・ヨウザもそのひとりだ。

特筆すべき人物

ウィケット WICKET

ブライト・ツリー村の好奇心旺盛なイウォーク。このウィケットが森のなかでレイアと出会ったことにより、銀河の歴史は変わることになった。彼は反乱軍とともに戦うよう、熱心に仲間を説得した。反乱軍がデス・スターを破壊し、帝国を打ち負かすことができた陰には、勇敢な彼の働きがあったのだ。

ブライト・ツリー村

エンドアの戦いを記す歴史の資料は同盟軍のスターファイター・パイロットたちの功績を称えているが、帝国軍との戦いで決定的な勝利を手にできたのは、パスファインダーと呼ばれるコマンド・チームと大型戦艦の乗員の見事な働きのおかげでもあった。しかし、ブライト・ツリー村の戦士イウォークたちがいなければ、彼らの命懸けの働きも無に帰していたにちがいない。イウォークは、デス・スターのシールド発生装置を破壊するために地表に送られた攻撃チームを救ったのだ。それから何十年も経ったいまも、ブライト・ツリー村はエンドアの木々の梢に散らばる簡素な小屋のまま。イウォークたちが回収した帝国軍の装備だけが、戦士たちの勇敢な戦いを物語っている。

特筆すべき人物

モン・モスマ MON MOTHMA

もと共和国および帝国の元老院議員。モン・モスマは反乱同盟の創設で中心的な役割を担い、これを率いた。ヤヴィン4ではしばしば暴走する戦略会議を取り仕切り、エンドアの軌道では、すべてを賭けた攻撃の準備を監督した。

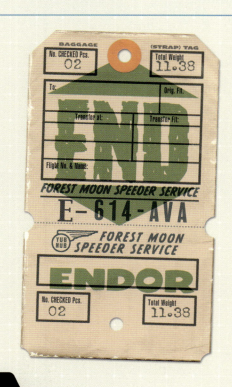

ヴィークル

ホーム・ワン HOME ONE
反乱同盟軍が帝国軍に追われて惑星ホスを脱出したあと、この MC80Aスター・クルーザーが実質上の本部となった。エンドア の戦いでは、アクバー提督の旗艦となり、反乱同盟が新共和国 を設立したあとも大いに活躍した。アクバーはホーム・ワンのブ リッジ（艦橋）から、帝国の終わりを印す戦いで、敵軍の戦艦がジ ャクーの地表へと突っこむのを見守った。

AT-ST（全地形対応偵察トランスポート） AT-ST
スカウト・ウォーカーとも呼ばれたAT-STは、大型のAT-ATよりもすばやく 動けるため、偵察任務、パトロール、対歩兵用兵器として使われた。エンドア のイウォークは丸太で挟み打ちして壊すなど、機知に富んだ作戦で数機の AT-STを破壊した。

74-Zスピーダー・バイク 74-Z SPEEDER BIKE
アラテック・リパルサー社の74-Zシリーズはクローン大戦時に導入された。頑丈で、多少のことでは壊れない設計とあって、帝 国の銀河支配が続くあいだ、ほとんど改良されずに使われた。大木が密集し、木の葉に覆われた太い枝が張りだすエンドアの 森は、高速で移動するには危険な環境だったが、スカウト・トルーパーはこれに乗り、地表で偵察およびパトロール任務を行っ た。

側面図

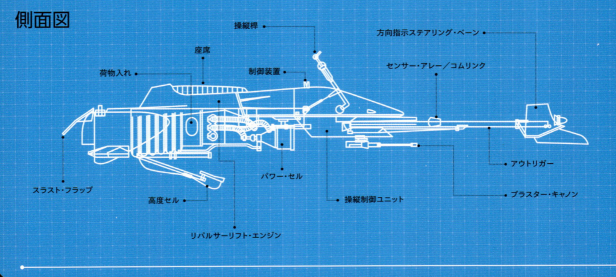

ドロイド

C-3PO C-3PO

アナキン・スカイウォーカーが、廃品置き場から回収した部品で組み立てたドロイド。プロトコル・ドロイドとしてパドメ・アミダラに、その後オルデランのオーガナ家に仕えた。反乱軍時代は、長きにわたる友R2-D2が与えられた秘密の任務に巻きこまれ、本人はそんなつもりは毛頭なかったにもかかわらず、気がつくとヒーローとなっていた。ただしエンドアでイウォークをふるい立たせ、反乱同盟軍の味方につけたのは大手柄だった。

R2-D2 R2-D2

驚くほど勇敢なアストロメク・ドロイドR2-D2は、分離主義勢力の封鎖を破ってナブーを脱出するアミダラ女王とその一行を救う。何年もあとには、スターファイターを操縦するアナキン・スカイウォーカーを補佐した。その後、デス・スターの設計図を託されたR2は、タンティヴィーIVから脱出し、最終的にレイア・オーガナたちとともにヤヴィン4に届けた。どこまでも忠実で危機に直面しても冷静なR2-D2は、数々の冒険で何度も友人たちの命を救ってきた。

パルパティーンのもくろみ

第二デス・スター DEATH STAR II

第二デス・スターは、ヤヴィン4で反乱軍のパイロットに狙われた弱点である排熱口を取り除き、初代デス・スターよりもさらに大きく、威力を増した。パルパティーン皇帝はこの超兵器がエンドアで建造されている情報を故意に漏らし、反乱軍をエンドアの軌道におびきよせた。だが、この作戦は裏目にでたばかりか、デス・ステーションが爆発する少しまえ、皇帝自身も命を落とすはめになった。

N/A

STARKILLER BASE
スターキラー基地

PLANETARY DATA 惑星データ

領域：アンノウン・リージョン

宙域：アトラヴィス

タイプ：岩石や金属から成る
　　　　（惑星そのものに手が加えられた）

気候：寒帯

直径：660 キロメートル

地形：山岳地帯

自転周期：データなし

軌道周期：該当なし

知的種族：（なし）

人口：データなし

SECTION SIX

邪悪がよみがえった——スターキラー基地
STARKILLER BASE

新共和国はファースト・オーダーを銀河のはずれで吠えている負け犬とみなし、アンノウン・リージョンでは艦隊や陸軍が集結しているというレイア・オーガナの警告をあっさり却下した。だが、レイアの憂慮は正しかった。やがてファースト・オーダー軍は、超兵器スターキラーで新共和国を攻撃し、宣戦を布告した。銀河のはずれから放たれたビームで、新共和国元老院はホズニアン・プライムもろとも一瞬にして蒸発した。スターキラー基地は惑星を丸ごと改造し、吸いとった太陽エネルギーを一気に放出する恐るべき超兵器だった。レジスタンスは奇襲攻撃でスターキラー基地を破壊したものの、新共和国が政治的指導者を失ったいま、ファースト・オーダーの進撃に立ち向かえるのは、レジスタンスだけだ。

概要

司令センター、尋問室、ジャンクション・ステーション、アセンブリ・エリア、ハンガー（格納庫）718

歴史

レジスタンスの情報によれば、スターキラー基地は恒星からの"ダーク・エネルギー"を惑星の核に引きこみ、ハイパースペースを飛ぶビームを解き放って、銀河の首都を含むひとつの星系を消滅させた。

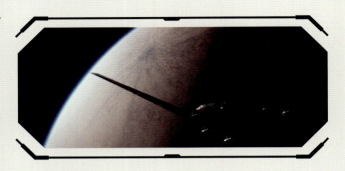

DK-RA-4ヨのコメント

　資料を提供するのはかまいませんが、実際にスターキラー基地を訪れるようなはめにならないことを祈ります。あそこには何もありません。レジスタンスの情報によると、あの基地はイラム星系付近で破壊され、残っているのは残骸と瓦礫だけ。しかも太陽まで燃え尽きてしまったとか。もちろんファースト・オーダーの司令官や軍備その他に関する情報も含め、わたくしくしが集めた情報はあくまで推測の域を出ませんが。

スターキラー基地の武器

スターキラー基地の建設にあたって、ファースト・オーダーは、帝国の科学者たちによるリサーチや、銀河の未開拓領域で生き残った帝国軍艦隊司令官が、数十年かけて集めた研究の結果を活用した。スターキラー基地となっている惑星の片側にある収集アレイが、近くの恒星から集めたダーク・エネルギーを惑星コアの密封フィールドに送りこむ。そしてそのフィールドに開いた裂け目から、ハイパースペースを通じてすさまじい破壊力を持つエネルギーを放つ仕組みだ。

銀河最重要指名手配犯!

カイロ・レン
KYLO REN

鮮やかな赤い光刃のライトセーバーを使う戦士カイロ・レンは、最高指導者スノークに仕え、スノークの意思を遂行する。ファースト・オーダー軍を率いるアーミテイジ・ハックス将軍とは衝突することが多かった。レンの出生はファースト・オーダーのほとんどの将校たちに秘密にされており、それを突き止めようとするほど勇敢な者はまずいない。スノークが死ぬと、レンは最高指導者となった。

ハックス将軍
GENERAL HUX

帝国が銀河に返り咲くべきだと固く信じているアーミテイジ・ハックスは、帝国軍の将軍を父として、惑星アケニスに生まれた。彼は父親が夢見ていたとおりの、幼少から訓練されたストームトルーパーによる軍隊を実現する一助を担う。アーミテイジは将軍だった父を凌ぎ、ファースト・オーダーの最も優れた科学技術者および冷酷な司令官となった。

キャプテン・ファズマ
CAPTAIN PHASMA

クロム製のアーマーに身を包んだ長身のストームトルーパー。ファースト・オーダー軍では、ハックス将軍、カイロ・レンと並ぶ非公式のトップ3のひとりで、軍の日常業務を管理している。ファズマはストームトルーパーのトレーニング・プログラムを監督し、幼い子どもたちを厳しく訓練して一人前の兵士に育てる。レジスタンスの報告では、クレイトの戦いの少しまえにスノークの旗艦で死んだとされている。

CAPTAIN PHASMA

TROOP LEADER

FIRST ORDER

ELITE SQUAD

INTERGALACTIC ARMY

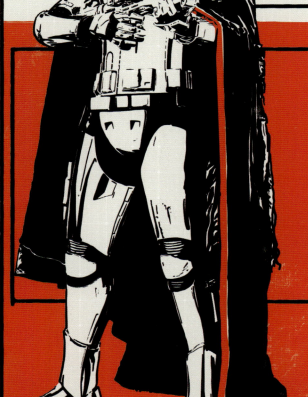

SPECIAL FORCES

TIE FIGHTER

Troop Leader

HOLOSCANNER

タイ・ファイターの攻撃部隊を撃ち落とそう

STORMTROOPER COMMANDER

ヴィークル

ファースト・オーダー特殊部隊のタイ・ファイター FIRST ORDER SPECIAL FORCES TIE FIGHTER
帝国は標準型タイ・ファイターを使い捨ての戦闘機だとみなし、シールドを装備しなかった。しかしファースト・オーダーはこの設計の欠陥を修正した。そればかりかエリート特別部隊のために、TIE/sfという優れたモデルを造りだした。重火器とハイパードライブを装備した特別部隊のタイを操縦するのは2人のパイロットだ。

ポー・ダメロンのXウイング・スターファイター
POE DAMERON'S X-WING FIGHTER
T-70 Xウイングは、反乱同盟軍の時代から使われてきた由緒あるXウイング・シリーズの戦闘機である。当時のT-65より快速で重武装とはいえ、戦闘スタイルはT-65とよく似ており、スターファイター相手の空中戦にも、大型戦艦を相手にした戦いにも、柔軟に対応できる。レジスタンスのT-70は新共和国の支持者から寄付されたもの。ポー・ダメロンはひと目でわかる黒い機体のXウイング"ブラック・ワン"で戦う。

スターキラー基地のオシレーター

座していては全滅をまぬがれないと悟ったレジスタンスは、スターキラー基地の弱点が見つかることを願って地上チームとスターファイター中隊を送った。地上チームの活躍で基地のシールドが消えると、ファイター中隊はサーマル・オシレーターの装甲ハウジングに穴を開けた。それにより、スターキラー基地の密封フィールドを維持している無数の動力発生装置を制御するこのオシレーターが破裂し、密封フィールドが無効となって、封じ込められていたダーク・エネルギーがこの超兵器を惑星もろとも粉々に爆破した。

ドロイド

ファースト・オーダーの歩哨ドロイド
FIRST ORDER SENTRY DROID
セントリー・ドロイドとも呼ばれる、非常に特徴ある白い台座型のドロイド。侵入者や不満を抱く兵卒を警戒し、基地内の宇宙船および施設をパトロールする。

ファースト・オーダーの尋問ドロイド
FIRST ORDER INTERROGATION DROID
新共和国の法を真っ向から無視して開発されたファースト・オーダーのIT-0000尋問ドロイドは、敵から情報を引きだすようプログラムされている。そのさい残酷な手段で相手に精神的および肉体的な傷が残っても、いっさい関知しない。

武器

カイロ・レンのライトセーバー
古代の十文字のデザインを基にしたこのライトセーバーには、刃、つまりクイロンがふたつある。ひびの入ったカイバー・クリスタルから放たれる不安定な光刃からは、プラズマの火花が飛び散る。

ファースト・オーダーのF-11Dブラスター・ライフル
ソン=ブラス社は新共和国の法律を無視して、ファースト・オーダーに新たなストームトルーパーの標準装備となったF-11Dを納めている。

312

BATUU
バトゥー

PLANETARY DATA 惑星データ

領域：アウター・リム・テリトリー
宙域：トリオン
タイプ：岩石や金属から成る
気候：温帯
直径：12,750 キロメートル
地形：森、山岳
自転周期：24標準時間
軌道周期：バトゥー暦365日
知的種族：人間
人口：20万

SECTION SIX

BATUU
銀河の端（ギャラクシー・エッジ）――バトゥー

バトゥーはワイルド・スペースと不完全な宙図しか存在しないアンノウン・リージョンからほんの数パーセクのところにある、銀河の開拓領域に位置している。温暖なこの惑星でまず目につくのは、森のなかからひときわ高くそびえる黒い尖塔だろう。ここに遺跡を残した古代の種族は、恐れ知らずの探検家たちがこの惑星に達するはるか以前に姿を消していた。バトゥーは銀河の様々な場所から訪れる多様な種族を歓迎し、多くの伝統が融合した開放的で友好的な文化を発展させてきた。長いあいだここを訪れるのは密輸業者やハイパースペース開拓者だけだったが、近年ブラック・スパイア・アウトポストには、ファースト・オーダーの諜報員ばかりか、新共和国およびレジスタンスの諜報員も訪れる。

DK-RA-43のコメント

　バトゥーの人々は寛大なことで知られております。オーガ・ガラのカンティーナは、タコダナのこちら側では料理も飲み物も右に出る店はない、という評判です。言うまでもなく、ここはビジネスに人一倍目の利くホンドー・オナカーの出身惑星でもあります。それでも賢い旅人は常に用心を怠りません。レジスタンスもファースト・オーダーもここで活動しており、たくさんの秘密が……おっと、メモリのこのセクターには制限が……あの、ご存じですか？　バトゥーの有名な尖塔は石化した樹木だそうです。木というのはなんと興味が尽きぬものでしょう！

概要

ブラック・スパイア・アウトポスト、トリロン・ウイッシング・ツリー、オールド・アウトポスト、ガルマ

歴史

移民がバトゥーにやってきたのははるか昔のこと。昔は貿易商たちで賑わう惑星だったが、急速に発展したハイパースペース・ルートがバトゥーを迂回していたため発展から取り残された。それがさいわいし、人目につきたくない者にとっては理想的な場所となっている。現在は銀河の開拓領域の先へと向かう冒険好きな人々のハイパージャンプの中継地であり、ブラック・スパイア・アウトポスト(BSO)の宇宙港には、銀河中から集まった宇宙船がずらりと並ぶ。地元の人々にはBSO、あるいはたんにスパイアと呼ばれるこのアウトポストは、バトゥーの唯一かつ最大の入植地で、宇宙港、商店、ビジネスをまとめるのにうってつけのオーガ・ガラのカンティーナなどがある。スパイアに到着したら、クレジットをスパイラ(地元の貨幣)に換え、バトゥー独特の言い回しを復習しよう。朝の挨拶は"明るい太陽だね(ブライト・サンズ)"、夕方には"月が昇りますな(ライジング・ムーンズ)"という。"スパイアまで(ティル・ザ・スパイア)"は、どんな状況でも別れの言葉に使える。

INDEX

■数字

2-1B 外科医ドロイド 112
500リパブリカ 30
74-Z スピーダー・バイク 129

■アルファベット

A280 ブラスター・ライフル 112
A300 ブラスター・ライフル 75
AT-AT 108, 109, 110, 111, 129
AT-ST 110, 129, 131
ARC-170ファイター 84
B1 バトル・ドロイド 65, 95
C-3PO 130
DD-BD 74
DL-44重ブラスター・ピストル 101
E-11 ブラスター・ライフル 81
ELG-3A ブラスター 94
F-11D ブラスター・ライフル 139
GR-75 中型輸送船 112
K-2SO 83
L-1G 労働ドロイド 27
L3-37 74
M-68 ランドスピーダー 18
MC80A スター・クルーザー 129
Mk-IIパラディン・ライフ 33
N-1 スターファイター 94
R2-BHD 83
R2-D2 130
T-47 エアスピーダー 113
Uウィング・スターファイター 85
V-150 プラネット・ディフェンダー 112
Xウイング・ファイター 8, 40, 79, 83, 84, 137
Yウイング・スターファイター 83, 85
Z-95 84

■アイウエオ順

ア行

アーヴィング・ボーイズ 43
アーミテイジ・ハックス 135
アグノーグラッド 100
アグノート 100, 101
アグノート・サーフィス 100, 101
アクバー提督 129
アケニス 52, 62, 135
アソーカ・タノ 51
アデルハード総督 104
アナキン・スカイウォーカー 33, 56, 82, 119, 130
アラキッド 83, 112
アラキッド・インダストリーズ社 83, 112
アンカー・プラット 43
アンカーヘッド 61
イウォーク 10, 122, 124, 125, 127, 128, 129, 130
イオン・ブラスター 55
インペリアル・カーゴ・シャトル 25
インペリアル・スター・デストロイヤー 27, 40
インペリアル・パレス 30, 32
インペリアル・プローブ・ドロイド 112, 96, 107
ヴァイパー・プローブ 112
ヴァリキーノ 90, 92
ヴァローラム最高議長 34
ヴィクトリー・ステーション 83
ウィケット 127
ウーキー 10, 46, 47, 48, 49, 51, 75
ウーキー・カタマラン 49
ウータパウ 34
ウェッジ・アンティリーズ 26
ヴェリティ地区 30
ウスクル地区 30

カ行

宇宙船の墓場 37, 38, 41, 42
エア・タクシー 31
エクレシス・フィグ 101
エコー基地 108, 109, 110, 112, 113
エンドア 48, 51, 82, 83, 89, 104, 112, 119, 122, 124, 125, 126, 127, 128, 129, 130, 131
エンドア・バンカー 126
エンドアの戦い 21, 26, 32, 48, 82, 83, 89, 104, 112, 125, 128, 129
オーガ・ガラ 142
オータ・グンガ 90
オーダー66 51
オーラ・シング 101, 103
オールド・アウトポスト 142
オーレイ 65
オビ＝ワン・ケノービ 33, 34, 93
オビ・シー・キラー 92
オリクス・スパイン・チャレンジ 18
オリクス・スパイン 16
オンダロン 69

カ行

カークーンの大穴 54, 58, 60
カーボン・リッジ 38
カーリスト・ライカン 109
カイロ・レン 135, 139
ガダッフィ・スティック 55
カチーホ 48, 49
ガッフィ・スティック 55
ガヘン平原 116, 117
カミーノ 63, 69
カム・ドロイド 33
ガリアス・ラックス 32
ガルマ 142
カルルーン 109
キーラ 26
キーンの洞窟 16
キャッシーク 11, 44, 46, 47, 48, 49, 51, 75
キャド・ベイン 101
キャプテン・ファズマ 135, 136
ギャラクシーズ・オペラ・ハウス 30, 31
クエイト・トルサイト 73
クラウド・カー 104
クラウド・シティ 96, 99, 100, 101, 104
グラッド・アライヴァル祭 92
クラバーン・レンジ 108
グリーヴァス将軍 33, 34
クリムゾン・ドーン 26, 93
グリンダリッド 19, 26
クレイターータウン 38
クレイト 21, 51, 82, 135
クレイト・ドラゴン 55
クレイトの戦い 21, 51, 82, 135
グレート・チョット・ソルト・フラット 54
グレート・テンプル 80, 81
グレート・メスラ高原 54
クローン・トルーパー 69
クローン大戦 34, 48, 51, 63, 64, 65, 69, 93, 95, 101, 116, 120, 129
クワイ＝ガン・ジン 93
グンガン 86, 88, 89, 90, 91, 94
グンガン最高評議会 90
ケイナン・ジャラス 51
ケイレブ・デューム 51
ケタンナ 58
ケッセル 9, 11, 21, 44, 70, 71, 72, 73, 74, 75
ケッセル・シティ 72
コア・ワールド 14, 28, 53, 90
コアクシウム 44, 71, 72, 73
ゴアゾン荒地 38
コウハン 32
ゴールド・ビーチ 16
ココ・タウン 30, 34

タ行

湖水地方 90, 92
コラカニ・マウンド 64
コルサント 12, 28, 29, 30, 31, 32, 33, 34, 35, 75, 94
コレリア 11, 12, 14, 15, 16, 18, 19, 24, 25, 26, 27, 100
コレリアン・コルベット 85
コロナ・ハウス 16
コロネット・シティ 16, 18, 19, 26, 27

サ行

ザ・ワークス 30
サグワ 75
ザム・ウェセル 32, 34
サルラック 58, 60
ザロリス 109
サンド・アクア・モンスター 92
サンドクローラー 55, 59
シード 90, 92, 94
ジェスティファ 115
ジオノーシアン 44, 62, 63, 64, 65, 66, 69
ジオノーシアン・ハイヴ 63
ジオノーシス 11, 44, 51, 62, 63, 64, 66, 69
ジオノーシスの戦い 51
ジトンタウン 116
シビアン・ハウンド 19
シャク 91
ジャクー 11, 12, 36, 37, 38, 40, 41, 43
ジャバ・ザ・ハット 53, 54, 58, 60
ジャバの宮殿 54, 58
ジャワ 10, 52, 55, 59
ジャンゴ・フェット 34, 101, 103
ジャンドランド峡谷 54
ジョー・ヨウザ 127
処刑アリーナ 64
ジン・アーソ 82
新共和国 12, 26, 31, 32, 34, 38, 48, 82, 84, 85, 89, 109, 129, 133, 137, 139, 141
シンキング・フィールズ 38
尋問ドロイド 117, 139
水分凝結機 55
スーパーヴァス 19
スカイゲイザー・ヒル 80
スカリフ 24, 79, 83, 85, 112
スカリフの戦い 79, 83, 85, 112
スクラムラット 26, 27
スクラムラットのスタッフ（杖）27
スターキラー基地 11, 21, 43, 51, 82, 122, 132, 133, 134, 135, 138
スターキラー基地のオシレータ 138
スタルガシン・ハイヴ 69
スチールペッカー 41
スノーク最高指導者 135
スノースピーダー 113
スパイス 9, 44, 71, 72, 73, 75
スパイス鉱山 9, 44, 71, 72, 73, 75
スレーヴ1 103
セネト・ガードのライフル 33
ソー・ゲレラ 69, 82
ソーラー・セーラー 65

タ行

ダース・シディアス 93
ダース・ベイダー 85, 96, 99, 107, 109, 117, 119, 120
ダース・モール 93, 95
第2デス・スター 130
タイ・ストライカー 24
タイ・ファイター 27, 40, 84, 126, 136, 137

タ行

タイレナ 16
タク 75
タスケン・レイダー 52, 55, 60
タトウィーン 44, 52, 53, 54, 55, 56, 58, 59, 60, 85, 94
タンティヴィーIV 85, 130
タルラス島 116
チューバッカ 26, 50, 51, 75
ティードー 36, 41
ティップナンポリス 100
デクスター・ジェットスター 34
テクノ・ユニオン 116, 117, 119, 120
デス・スター 26, 44, 61, 63, 66, 67, 76, 79, 80, 81, 83, 85, 109, 122, 125, 126, 127, 128, 130
デューバック 55, 60
デューン・シー 54, 56, 58, 60
デルタ級T-3Cシャトル 121
ドアバ・ガーフェル 16
ドゥーク伯爵 65, 69
トゥント 109
トーントーン 109
ドリスマス図書館 16
トリロン・ウィッシング・ツリー 142
トレジャー・シップ・ロウ 16, 19
ドロイド製造工場 9, 64, 69

ナ行

ナイトウォッチャー・ワーム 41
ナブー 11, 32, 34, 65, 86, 88, 89, 90, 91, 92, 93, 94, 95, 130
ナブー・アビス 90, 92
ナブー・ロイヤル・クルーザー 94
ナブー・ロイヤル・スターシップ 94
ニーマ・アウトポスト 38, 41, 43
人間 10, 14, 27, 28, 32, 55, 86, 89, 90, 91, 140
ネイベリー家 92
ネヴ・アイス・フロー 108

ハ行

バージスIX 19
バイク 71, 73, 74, 75
バトゥー 122, 141, 142
パドメ・アミダラ 32, 34, 82, 89, 93, 94, 130
バトル・ドロイド 63, 65, 94
バリス・オフィー 51
パルパティーン最高議長 33, 34, 89, 90, 93, 119, 122, 130
ハン・ソロ 21, 26, 51, 58, 101, 104
バンサ 55, 60
反乱同盟軍（反乱軍）10, 26, 40, 51, 53, 58, 76, 79, 80, 81, 82, 83, 84, 85, 96, 99, 104, 107, 108, 109, 112, 113, 122, 125, 126, 127, 128, 129, 130, 131, 137
光の祭典 90
ファースト・オーダーの尋問ドロイド 139
ファースト・オーダーの歩哨ドロイド 139
ファースト・オーダー 10, 43, 82, 122, 133, 134, 135, 137, 139, 141, 142
ファンバ 91
フィグリン・ダンとモーダル・ノーズ 56
フィン 43
ブーンタ・イヴ・クラシック 56
ブライト・ツリー村 126, 127, 128
ブラック・スパイア・アウトポスト 141, 142
ブラック・フリークス 19
ブラック・ワン 137
フラリデジャ 116
ブレインティヴ・ハンド高原 38
ブレハ・オーガナ 82
ブロー バック・タウン 38

ハ行

プロゲート寺院 64
ベイダーの砦 116, 117
ベイル・オーガナ 82, 85
ベガーズ・キャニオン 54
ベスピン 11, 96, 98, 99, 100, 101, 104, 105
ポー・ダメロン 43, 82, 137
ポート・タウン 100, 101
ホーム・ワン 129
ポグル・ザ・レッサー 65, 69
ホス 11, 26, 51, 96, 106, 107, 108, 109, 110, 112, 113, 129
ホズニアン・プライム 26, 133
ホスの戦い 26, 51, 96, 107
ボバ・フェット 101, 102, 103
ホワイト・ワームズ 19, 26
ボンゴ 94
ホンドー・オナカー 101, 103, 142

マ行

マクシミリアン・ヴィアーズ 109
マサッシ 80, 81
マス・アミダ 32, 34
マックス・レボ・バンド 127
マッシュルーム・メサ 54
マンダロア 93
ミレニアム・ファルコン 8, 21, 22, 26, 43, 51, 74, 104
ムスタファー 11, 69, 96, 114, 115, 116, 117, 118, 119
ムスタファーリアン 114, 115, 119
メンシックス採鉱施設 116
モエニア 92
モス・アイズリー 54, 56
モス・アイズリーのカンティーナ 56
モス・エスパ 54
元老院 31, 33, 34, 82, 90, 93, 94, 128, 133
元老院ビル 31
モニュメント・プラザ 30
モン・モスマ 128

ヤ行

ヤヴィン4 11, 76, 78, 79, 80, 81, 82, 83, 85, 128, 130
ヤヴィンの戦い 21, 26, 51, 73, 76, 83, 96, 107, 108
ヤズム 124, 127
ヨーダ 51, 69

ラ行

ライトセーバー 95, 119, 135, 139
ラヴァ・フリー 119
ラガービースト 41
ランド・カルリジアン 21, 74, 99, 104
リボルト 27
ルーク・スカイウォーカー 43, 53, 58, 61, 79, 96, 112, 119
ルークロロ 48, 75
ルミナーラ・アンドゥリ 51
レイ 40, 43
レイア・オーガナ 58, 82, 85, 89, 119, 127, 130, 133
レイのスピーダー 40
レジスタンス 10, 43, 82, 122, 133, 134, 135, 137, 138, 141, 142
レディ・プロキシマ 26
連邦地区 30
ロー・サン・テッカ 43
ロシュア 44, 47, 48, 49
ロス・キャット 9
ロボト 104

ワ行

ワワート諸島 48, 49
ワンパ 109, 112